JN093026

チョ・ヘジン
オ・ヨンア＝訳

亜紀書房

かけがえのない心

The Simple Truth

もくじ

단순한 진심（DAN-SUN-HAN JIN-SIM）
by 조해진（Haejin Cho）

Copyright © Haejin Cho 2019
All rights reserved.
Originally published in Korea by Minumsa Publishing Co., Ltd., Seoul.
Japanese Translation Copyright ©Akishobo Inc. 2021
Japanese translation rights arranged with
Haejin Cho c/o Minumsa Publishing Co., Ltd.,
through Japan Uni Agency Inc.

This book is published under the support of Literature
Translation Institute of Korea (LTI Korea).

装丁　鳴田小夜子（坂川事務所）
装画　もとき理川

かけがえのない心

1

私は暗黒から来た。

時間の流れない、永遠という見えない枠に閉じ込められた暗黒が私の根源(ルーツ)ということになる。方向感覚もなく、どこへ行くあてもないまま、私は一人でそこをうろついていたのだろう。そのときの私の姿は丸くて硬い種のようだっただろうか。それとも、細長くて白っぽい、煙のようだっただろうか。もしかしたら、小さな反動にももろく砕け散るはかない物質だったかもしれず、そもそもはじめから姿形などない、ひと握りのエネルギーだったかもしれない。

暗黒で作られ、暗黒を突き破って生まれてきたから、私には親がなく、私が形作られたときの胎夢だとか、この世に生まれるときの産声を覚えていて後で話して聞かせてくれる祖父母もなく、這って、座って、立ち上がって、言葉を発した瞬間を写真に収めてくれる親戚や隣近所の大人もいない。親の戸籍謄本、出生届けや生まれた病院のカルテも私は持っていない。代わりに養子縁組に出すために急いで作った、たった一人の戸籍と代理人の養子縁組同意書、国際予防接種の証明書と旅行許可書、養父母の通訳と便宜を図るコーディネーター費用の請求書、それから養子縁組斡旋手数料――身体に障碍がある場合は割引されるらしいが、健康だった私にかかった手数料は定価だったはずだ――を処理した領収証のようなものが、韓国の養子縁組機関や政府傘下の機関に残っているかもしれない。

へその緒はあっただろうか。ときどきそんな疑問がよぎると、反射的に両手をお腹に乗せてじっとおへその辺りを撫でてみたりすることもある。でも、私のへそは生みの親の痕跡にすぎず、その手の感触ひとつ思い出すことはできない。無力な証拠、特色のない記号、閉ざされた通路……。私は彼女の姿や印象、においや肌ざわり、話し方や声のトーン、笑い、泣くときの表情、寝るときの癖やジンクスのようなものを知らないままで、これからもそうした類いの情報を手に入れることはできないだろう。

私にとって彼女は、もう一つの暗黒だ。

＊＊＊

さる六月、私は久しぶりに彼女のことを考えた。

その日私は、パリ市内にある小さな産婦人科病院のベッドの上で超音波機器の画面に浮かび上がるささやかな動きを、目を凝らして穴が開くほど見つめていた。画面には、頭と胴体、腕と脚と思われるかたまりが一つに緊密につながってくねくね動いているところだった。ドクター・ジュベだと名乗った白髪の医師は、祝いの言葉に続けて新たな生命が宿って九週目に入ったと教えてくれた。

医師は言った。

「ご存じですか？　受精した卵子はだいたい二百八十日間、数十億年にもなる生命の進化の歴史を歩んでいきます。単細胞の受精卵が分裂を繰り返しながら両生類と爬虫類を経て哺乳類になって、哺乳類の中でも生物学的にもっとも複雑な人間に進化するんです。いま九週目ですから、あと三週間ほどすると体の器官や性器もできてきます。言うなれば、今は土をこねている時期ということです。気をつけないといけません」

彼女のことが思い浮かんだのはその瞬間だった。覚えていることなどないくせにまた思い出し、その思いは、そのまま会いたいというまっすぐな願いへと続いた。そのざらついた手触りをしたまっすぐな願いは、思いのほか大きくて丸く繊細だった。今までは、こんなふうに強く願うこともないまま、彼女のことを知りたくて探そうとしていたということのほうがおかしく思えるくらいだった。

病院を出ると、家には向かわず近くの散歩道を歩いた。歩きながら、二つの選択肢を仮想の天秤にかけて正確に判断しようとした。頭上には、木の葉をくぐり抜けてきた日差しが光で作った網のように放射状に降り注いでいた。私は、しばし歩みを止めて顔をのけぞらせたまま揺れる木の葉を見上げていた。背の高い街路樹が並んでいたが、生命を孕んだ私を守るために、木の葉一つひとつが緊密に編まれ淡いグリーンの影を垂らしているようだった。木は空に向かって伸びていて、空の果ては宇宙に届いているはずだった。

宇宙（ウジュ）……。

宇 - woo - 宙 - joo、もう一度韓国語でひとりごちた。その瞬間、それまでの迷いはみな消え失せ、ただ「ウジュ」という名前だけが心に残った。フランス人も発音しやすく、あらゆる存在を抱ける宇宙ならば、無形の暗黒からは一番遠いところにある。悩む必要もなかった。いや、悩むのはもうやめた。作られてからそれほど経っていない、か弱い心臓で血を巡らせ、絶えず細胞数を増やしながら奇跡的な速度で進化している私の中の小さな生命体は、自然にウジュと名づけられた。この瞬間を覚えていなければ、と私は思った。風の向き、木の葉の色、一瞬にして絡み合う雲の模様まで、そしてウジュが言葉を話すようになったら、この瞬間について長い話を聞かせてあげよう。これから私はウジュのあらゆる瞬間を記憶しなければならないだろう。私は、ウジュと世界をつなぐ媒体であり、その存在をこの世の人たちに知らせる伝令であり、同時にウジュが成長する過程を証言すべき証人なのだから。私はその役割を絶対に諦めないし、ウジュには一瞬たりとも暗黒なぞ想像させないつもりだった。その日散歩道の木の下で、ただそれだけが私の人生で確実なものとなった。

＊＊＊

ウジュが私のところにやってきたことがわかったその日、ソヨンという韓国人の女性から二通目のメールが届いていた。

夕方ごろアパートに戻り、いつものようにソファにもたれたままノートパソコンを開いてメールをチェックした瞬間、ソヨンの名前がまず見えた。ソヨンから初めてメールを受け取ったのは一週間前だった。最初のメールで彼女は、大学で映画を専攻し、当時から友人たちといくつかインディーズ映画を制作している二十九歳だと自己紹介し、フランスに養子に出された韓国系で演劇俳優であり劇作家として活動している私を主人公に、ドキュメンタリー映画を構想しているとのことだった。彼女はそのときこう書いてきた。

――一年前、ナナさんのインタビューを読む機会がありました。そのころ、私が借りている住まいの一階で食堂を営んでいるおばあさんが、若いころに海外に養子に出される子どもたちの面倒をみていたことがあるというのを偶然知ったのですが、それまで養子や養子縁組などこの世に存在しないかのごとく、何も知らずに生きてきた自分を振り返るきっかけになりました。それもあってか、ナナさんのことばかり考えていました。何度となく考えているうちに、私の中でナナさんの映画ができあがっていました。

ナナさんがフランスに養子に出されるまで韓国で過ごしていた場所や、そこで出会った人たちを探しながら、最終的にはナナさんの昔の名前である「ムンジュ」の意味を見つけだすまでの過程が、いま私が構想している映画の内容です。ご存じのように、韓国人の名前にはその記号や発音以上の意味が含まれていますから。ナナさん、そこで今日はナナさんに、どうか私と一緒に韓国で映画を作ってもらえないかと思い、メールをしました。

そのときの私は、とうてい実現しようのない提案だと思った。作品性もまだ見えないアマチュア映画に出演するためにパリでの生活を一時中断して韓国に渡るというのは、負け試合とわかっていて試合に出るのと同じくらい愚かなことに思えた。笑ってしまうくらいだったのに、なぜか私はしょっちゅうそのメールを思い出し、数日後にはその意欲に満ちた若い女性監督に返事も書いた。なぜよりによって私のような養子の名前に関心をもつようになったのですか、という一行だけの問いを書いて。彼女の二通目のメールには、おそらくその質問への答えが書かれているはずだった。

＊＊＊

ソヨンが読んだというそのインタビューは一年前、韓国のある市民団体が主催する国際養子のイベントに参加するために、三十四年ぶりに韓国を訪れたときに応じたものだった。政府の支援を受けて国際養子たちに韓国の家族を探しだしてあげることがイベントの主な目的だと聞いていた。

招かれた十五人の国際養子の中で私がインタビューに選ばれたのは、二週間のイベントの中盤にさしかかっても、私だけが家族を見つけられずにいたからだ。それに私は他の国際養子にくらべて韓国語ができた。韓国を離れてからも、いつも韓国語に触れていたので、韓国語で話して聞いて、読んで書くことには大きな問題はなかった。小さいころはアンリとリサが韓国の絵本やアニメーションのＤＶＤを買ってくれたし、大人になってからは自分の意志で、ネット上の韓国ドラマや映画を観た。大学のときは同じ大学の建築学科に通うキヒョンという韓国人留学生と四年近くランゲージエクスチェンジもした。上級韓国語を使いこなすためには漢字を学ぶべきだというキヒョンのアドバイスに、古本屋で買った漢字教本で独学した時期もあった。

インタビューは八月第二週の火曜日、ソウルの光化門（クァンファムン）にあるカフェの二階で一時間ほど行われた。私はできるだけ正直に、養子に出される前のことや養子に出されたころの状況を長く説明した。線路、助けてくれた機関士、彼の印象や推定年齢、私がムンジュと呼ばれながら一年間暮らしたその機関士の家の雰囲気、その後に入ることになった孤児院の名前まで……。最後に私は、三十四年前フランス行きの飛行機に乗るときから大事にしてきたパスポートを鞄から取り出して、写真の貼ってあるページを開いて見せた。養子に出される直前に急いで作ったパスポートで、もし私を覚えている人がいたら、その人に私についての手がかりをすべて伝えたいと思って持ってきたものだった。ノートパソコンに必死にタイピングしていた記者が、ふと顔をあげて私を見ると笑いながら言った。

「そういう話以外にも、ほかにおっしゃりたいことがあると思うんですが……。フランスでの生活はいかがですか？　久しぶりに故国を訪問された感想もお願いします」

私はじっと記者を見つめた。最後の賭けに出るような思いでこのインタビューに応じた私の心情など記者には知るよしもないことはわかっていたものの、一瞬、抑えがたいさびしさが押し寄せた。もしかしたら、敵意に近いさびしさだったかもしれない。

インタビューが終わって、記者はほかの予定があると言って先にカフェを出た。

日が暮れて夜が深くなるまで、私はそのカフェで身じろぎもせずに座っていた。窓ガラスの外の光化門広場に設置されたテントも一つ、二つ暗闇の中に埋もれていった。フランスでニュースを聞いていたため、そのテントが誰を忘れないためのものなのか、わかっていた。海外ニュースの速報でその事故を知った日、夕方には雨が降り、熱いお湯で長い間シャワーを浴びても寒気が収まらなかった。あの日の夕方を思うともっとさびしくなった。難破した船から生き残ったものの誰も探してくれず、行く当てもなく漂流する人が、いつのまにか自分のさびしさを代弁して演じはじめた。何らかの状況を舞台にしたてて想像上の俳優に私のさびしさをなすりつけるのは、ずいぶん前からの習慣だった。俳優に演じさせるさびしさは私のものでありながら私のものではなかったから、深くはまり込まずにいられるところがよかった。

雑誌に掲載されたそのインタビュー記事をたった一度だけ読んだ。出国前に雑誌が発売になり郵便で受け取ったのだ。予想どおり、養子に出される前の情報よりも、現在の様子がメインの三ページの記事だった。そのころ、私はフランスのある文化財団から授与される戯曲賞を受賞したのだが、そのことが大きく扱われていた。私が載せてほしいと頼んだパスポート写真は誌面になかった。光化門のカフェで撮った今の私の顔を見て、あのときの線路に捨てられていた子だったかどうか、かつてのムンジュだったかどうかに気づくことは不可能に見えた。私の最後の賭けは、私にムンジュという名前をつけてくれた人と生母のためのものだったが、いまだに、彼らから電話がかかってくることはなかった。

しばらくの間ノートパソコンの画面を見つめていたが、ソヨンのメールにチェックをつけ、削除ボタンを押した。私はソヨンを知らないし、ムンジュのことを考えたという彼女の時間についても何も知らなかった。だから、彼女がある日偶然、時事雑誌に載った私のインタビュー記事を読んで、想像を膨らませて一編の映画を構想するまでの時間、その時間がどんなもので、どれくらいの密度であったかも、私にははかり知れない領域だった。

そのままノートパソコンを閉じようとしたが、手が思うように動かなかった。ナーバスになる必要はない。自分に言い聞かせた。ソヨンの返事を確認してからでも、メールは永久に削除できるのだ。結局私は再びメールを開いて、今しがた削除したメールを復旧してからそこに書かれていた文章をゆっくり読みはじめた。

今もときどき考える。あのときもし、ソヨンのメールを完全に削除していたら、それでソヨンの映画に参加していなかったら、私が韓国で出会ったあのすべての人たちを知らずに生きていたのだろうし、その人生は最も重要なページが抜けた本のように、ぽっかりと穴が開いていたはずだと、想像もできないくらいに……。今の私がどんなふうに生きていようと、もう、彼らに会う前の私には戻れないのだ。

＊＊＊

――名前は家ですから。

ソヨンの二通目のメールはこう始まった。

――名前は私たちのアイデンティティーだとか存在感が暮らす家だと思うんです。今の社会は、なんでもすぐに忘れてしまいますし、私は名前一つであってもきちんと覚えておくことが、消えた世界に対する礼儀だと信じています。

アイデンティティー、存在感、家、礼儀……。ソヨンの選んだ単語にまず興味をひかれた。いや興味をひかれたという表現では足りなかった。その単語たちは、私がどんなときも切実に追い求めているものだった。私はいつのまにかソファにあずけていた背中をまっすぐに起こして、ソヨンのメールに集中した。

ソヨンはすでに企画をかなり進めているようだった。映画のシノプシスだけでなく、すでにシークエンスの順序を決めてスタッフを集め、映像学科で有名な母校から比較的最新のカメラやレンズを借りる段取りもつけていた。航空券も出せなければ、出演料も少額に過ぎないが、撮影期間中の二、三か月の滞在先はなんとかなると、いくつかのイメージファイルを添付してきた。添付ファイルを開けると、小さなリビングとベッドルーム、それから窓の外を撮った風景写真が一つずつノートパソコンの画面に浮かび上がった。「実は私の部屋なんです、ご覧のとおりつつましい部屋ですが、一人で滞在する分にはそれほど問題はないと思います。それに、夜はライトアップした南山（ナムサン）タワーも見えるんです」とソヨンは続けた。

　じっとその写真を見ている間、私にとっていわば仮の委託家庭になってくれた機関士の家がぼんやりと浮かび上がった。その家は、路地の奥にたたずむ広い伝統家屋で、雨が降ると家のあちこちにしみついていた木の香りがはっかの香りみたいにさっと広がってきたものだった。その家では雨が降るというのは、茶色に近いえんじ色をしたひらべったい餃子のような形の料理を食べられるという意味でもあった。機関士の母親は、いつもは私の顔さえ見れば舌打ちをしていたものだったが、窓を開け放った板の間に並んで座って、雨音を聞きながらその料理を分け合って食べるときだけは、実のおばあちゃんのようにやさしかった。皮の中に甘いあずきを入れて油で焼いてから、砂糖をまぶして食べるその料理の名前を私は思い出せない。名前すら思い出せず、韓国を離れてからは二度と目にすることもなかったのに、数日前からその味が舌先によみがえってきていた。フランスでは到底手に入れられないその料理を食べられるのなら、四六時中襲ってくる、こみあげてくるような吐き気も一瞬でなくなるような気がした。もちろん私もわかっていた。特定の料理を食べるためだけに妊娠初期に長距離フライトをするなど常識では考えられないということを、医師の言うように、すべてにおいて気をつけなければならないことも。そろそろソヨンのメールを削除するか、でなければ形式的な断りの文面を書かなければならなかった。でも、そうしなかった。代わりに、いつだったか韓国文化を紹介する本で読んだ内容——韓国では妊婦の多くが一定期間、実家で養生しながら出産準備をする内容だった——を繰り返し考えながら心が揺らぐ覚悟をしていた。何よりソヨンの映画を通じて、機関士や彼の母親を探せるかもしれないという期待が、そんなことはありえないと思いつつも、あらゆるネガティブな条件を圧倒していた。その期待は、ムンジュの意味を知り、自分の起源(ルーツ)が少しでもはっきりしたら、もっと胸を張ってとウジュを迎え入れられるだろうという希望でもあった。

＊＊＊

その機関士は線路にいた私を救ってくれた人だった。

もう少し正確に言うなら、彼は自分が運転していた汽車を急停車させて、その汽車に轢かれそうだった私を助けた。止まった汽車の前で怯えて泣いていた身元不明の女児を、彼はどういうわけか警察署や孤児院には知らせず、代わりに母親と暮らしていた家に連れて帰り、ムンジュと名づけて保護してくれた。ソヨンの言うとおり名前が家なのだとしたら、私はその名前の元で一年近く暮らしたことになる。ムンジュは、文書に記録されたり官公署に登録されたことはなく、機関士と彼の母親と町内の人たち何人かだけに呼ばれ、孤児院に入ると自然に消滅した。命の恩人であり、つかの間の臨時保護者だった彼が、ムンジュという名前をつけてくれた理由はわからないが、その名前が善意からつけられたことだけは確かだった。そうとしか。彼は食事のときには私の頭を撫でながら、とにかくたくさん食べなさいと言ってくれる唯一の大人だったから。よく生菓子を買ってくれて、彼の母親があんな子さっさとどこかに預けなさいと急かすと、私をがばっと抱きしめて背中におぶって家の近くを散歩しにいった。長い間、私は彼を探してみようとすることさえできなかった。生菓子の砂糖の味、やわらかい手のひらとがっしりした背骨の感触、それから私を見て「ムンジュ」と呼ぶときに耳元に小さな波動を起こした低い声。そういったいくつかのばらばらの記憶だけでは、到底一人の人を探すことはできないだろう。私は当時、わずか三歳か四歳――保健所の医師が私の成長状態を見て推測した年齢で、それすら正確ではない――だったし、いつか再会するときのために彼の名前や住所をメモしておくといった頭も回らなかった。一年前に私を韓国に招待した、国際養子たちに非常に好意的だった市民団体の善良なスタッフも私を助けることはできなかった。名前も、年齢も、身分証の番号もわからない家族以外の人を探し出すのは、彼らにとっても手の届かない領域だったのだ。彼を探せなかったせいで、書類に残っていないムンジュという名前の意味も探しだす方法がなかった。

門の柱。

かつては、それでもいいと、門の柱を支えにしたこともあった。大学のときにランゲージエクスチェンジをしていたキヒョンがある日、標準国語大辞典に出ていると教えてくれたムンジュの意味を信じようとしたのだ。あのとき、私はキヒョンの辞書に首をつっこんだまま「ムンジュ」の欄に出てくる解説、つまり「門柱：扉をはさみこむために両側から支える柱」という文章を読んでは、また読んだ。正直に言うとその日、私は嬉しかった。辞書にある単語から人名をつけることはあまりないと知りながらも、ムンジュが韓国人にとってなじみのある単語だというのが嬉しかったし、ムンジュが呼び起こすイメージが聞き慣れないものだっただけに、ことさら魅惑的に感じられた。屋根を支え、建築物の重心となる門柱（ムンジュ）は、訪れたことのない遠い国の遺跡のように思えてならなかった。

門柱、門の柱、続けて繰り返すと慰められるような気がした。

でも、不確かなまま仮に定めたものの慰めはいつまでも続かない。寄りかかれば寄りかかるほど私の門柱は揺れて少しずつ傾いていった。希薄になり透明になった。確かでない情報を確かだと信じることのほうが、むしろずっと大きな失望を抱かせもすると悟ってからは、つらかったり混乱するたびに呪文をとなえるようにして門柱と門の柱を習慣のごとく繰り返し口にするのもやめた。慰めの有効期間は切れて、遺跡は閉鎖された。

ときどき友人たちから、過去の一時的な名前になぜそこまでこだわるのかと聞かれた。その問いかけに、私はいつだって同じ返事をするほかなかった。ムンジュは私の始まりだから、という答えを。ムンジュと呼ばれる前、つまり線路で見つかる前の人生は暗黒の延長にすぎないから、その時期についての記憶は皆無だった。三歳か四歳より前のことを覚えていないのは、成長に伴う自然なこととも言えるし、大学時代に出会った心理カウンセラーの言うように、線路でのショックのせいかもしれない。記憶がないのだから、そのときに呼ばれていた名前——

もちろん私の生母は名前をつけるという小さな労苦すら省いたかもしれない――も忘却の中に葬った。ムンジュとして暮らしながら私はやっと感覚や記憶を持てるようになったのだ。甘味、苦味を知り、いいものをいいと言えるようになり、退屈やくやしさや申し訳なさを感じられる完全な存在、あらゆる「初めて」の記憶――初めて口から出た言葉、初めて入った食堂や美容室の風景、初めて笑い、泣いたきっかけ、初めて捨てられたということの意味を知った瞬間も、私がムンジュだった日々の中にあった。ムンジュの意味を知らない限り、私の歴史も始まらないのだ。

一年前のインタビューで、私はそういう話をしていた。

＊＊＊

――もし、ムンジュの意味を見つけだせなかったら、それが映画の結末になるでしょう。

ソヨンのメールはこの一文で終わっていた。不思議だった。ウェブ上で提供されているプログラムにある標準的なフォントから、私は、人生で一度くらいは無謀になってもいいと言う、淡々とした声を聞いていた。その瞬間、ぐらついていた私の心は完全に傾いたのだろう。映画の撮影期間中は、作品のできあがりを心配するのではなく、ただ餃子の形をした料理を食べなながら二、三か月の胎教を兼ねて休んでいると思うことにしよう、ソヨンの提案が無理な頼み事ではなく、むしろ私に訪れた幸運のようにすら思えた。

ソヨンに返事を書いた。

そして、翌日からすぐに出国準備を始めた。ドクター・ジュベのところへ行き、妊娠十二週以降は長距離フライトをしてもいいという許可をもらい、できれば二十七週前に帰国して出産準備をするようにアドバイスされた。韓国の病院で使える海外保険にも加入し、ビザを更新し、自分のアパートは管理費を払ってもらう条件で後輩の俳優に貸すことにした。所属劇団のプロデューサーに、一年間作品活動を休みたいと伝えた日、帰宅する電車の中でリサに電話を掛けた。五年前からリサは地中海沿岸に近いフランス南部のモンペリエで一人で暮らしていた。そこはアンリの故郷だった。その日、リサには韓国に行ってくるつもりだと伝えただけで、リサがじきにウジュのおばあちゃんになるという話はしなかった。アンリの死後、リサと私はプライベートな話をするのすらぎこちない関係になっていた。アンリが生きていたころも私たちは特別親しくはなかったが、アンリがいないというだけで、別の意味で、つまり、残された者同士が支えあって悩みを分かち合うことにすら、いつのまにか罪悪感を感じるようになっていた。そのうえ、私はリサの欠乏を知っていた。リサにとってウジュの存在がその欠乏を再び思い起こすきっかけになるのだとしたら、それがたとえ一瞬だとしても、私はその状況にとても耐えられそうになかった。あなたを信じてる。携帯越しにリサが言った。リサはいつもそう言った。

あなたのことが心配だ、愛してる、私の娘、こういう直接的な表現はリサはしなかった。私たちは、ここ数日の暑さとモンペリエのいくつかの劇場で予定されているゴダールの回顧展についてもう少し話をして、笑いながら電話を切った。

そしてひと月後、私は韓国行きの飛行機に乗り込んだ。十四週目に入っているウジュと一緒に、ムンジュの意味を見つけるという名分のもとに、でも心の奥深くには、この際映画はどうなってもかまわないという無責任さを隠したまま。

一年ぶりの思いがけない帰郷だった。

2

思いがけない帰郷、そうとしか言えない。

一年前、世界中から集まった韓国系国際養子たちと十日間韓国に滞在し、フランスに帰ってきた私は、もう二度と韓国には行かないと決心したのだった。ほかの養子が写真や書類、あるいは手紙といったものを手掛かりに実の親やきょうだいに会っている間、私は一人宿所に残ってテレビを観たり、ビールを飲みながら時間をつぶしていたからというだけじゃなかった。私はあのとき、フランスで感じるのよりもずっと、はるかに純度の高い孤独に苦しんだ。私が受け止められるだけの容量を超えて拡がり続けていく同心円状のわびしさだった。

韓国に行きさえすれば、自分の中で何かが変わるだろうと思っていた。

アンリとリサは素晴らしい両親だったし、私は運のいいことに最適な家庭の養子になったことは十分に認めるけれども、植え替えられた木のような私のアイデンティティーはどういった形であれ表に出ざるをえなかった。例えば、私はアンリとリサに、これがしたいあれがしたいと子どもらしくだだをこねたことがなかった。高価な学用品、車で出かける旅行、にぎやかなバースデーパーティーといったものを。消化不良を起こしたり、疲れて風邪っぽいときもおとなしくベッドに横になって眠ったふりをしていたし、同じクラスの男子に人種差別まじりのセクハラをされても、その悔しさを訴えなかった。外食でもする日には、アンリとリサが選んだものよりも安いものを探そうとメニューをくまなくチェックし、彼らが教師に呼び出されて面倒なことが起きたりしないよう、学校のあらゆる規則を守った。私は、それほど大それたことを望んでいたわけじゃない。そのとき、そのときの感情に素直になること、気に入らないことや不満があれば、周りの空気を読んだりしないで表に出すこと、なぜ捨てて、なぜもう一度探そうとしなかったのかと、胸の内にある苦しみを隠さずに尋ねること……。もし生母や機関士に会うことがあれば、私はそういうことがしたかった。それがすべてだった。

妄想だった。

生母や機関士を探し出すには彼らについての情報をほとんど持っていない、あるいは足りないと知りながら期待していた代償だった。結局、彼らには会えないということを認めつつ、私はさらにわびしさに埋もれていった。わびしさの終わりは無気力感だった。観光やショッピングはしなかったし、韓国料理を作って食べる主催者側のプログラムにも参加しなかった。市民団体のスタッフたちが、私のことをことさら気にかけてくれるようになったのも、国際養子に対する韓国人特有の都合のいい憐みから心配したり親切にするのだろうと思えて、いたたまれなかった。そんな憐みならば、理解しようとするだけで一生が擦りへってしまいそうだった。イベントが終わるころには、ほとんど一日中宿所にこもりきりだったが、夜中の十二時ごろに宿所から出て外を歩きながら都市の灯りが一つ二つ消える瞬間を見守るのが、そのときの唯一の楽しみだった。光の都市ソウルが店閉じまいでもするみたいに真っ暗になる瞬間が好きだった。いや、私があのとき息を殺して見守っていたのは、完全な暗闇ではなく、コンビニと二十四時間営業の食堂や点滅する信号から発せられる、消えることのない明かりだったのかもしれない。どんなに深い真夜中でも明かりのついた窓がきまっていくつか残っていたビルは、穴がぽかぽか開いた黒い天幕をかぶせた巨大な発光性生命体みたいで、ビルの屋上のマルチビジョンには、消音のまま明るく笑う美人たちがクローズアップされていた。私に話しかけるようだった静寂の中の光のざわめき、私はそのざわめきを聞くために、夜中の十二時になるとこっそり部屋を抜け出してひたすら歩いたのだ。

＊＊＊

結局、私はそのイベントで誰も探し出せなかったが、代わりに出会った二人の国際養子のことをいつまでも覚えていた。

一人は同室だったデンマーク国籍のスジだった。いつものように夜の散歩を終えて真夜中に宿所に戻ると、スジのベッドは空っぽでバスルームから音がした。スジが蛇口をひねったまま一瞬外に出ているのかと思い、なにげなくバスルームのドアを開けたとき、驚いたことに、すでに半分ほど水の溜まったバスタブに外出着のまま座っているスジが見えた。スジは二十歳になったばかりで十五人の海外養子の中で一番若くはつらつとしていて、韓国にいる家族もすぐに見つかり、そのときもほぼ毎日実母や姉たちと出かけていた。何かあったのかと尋ねると、やっとスジが私を見上げた。水が冷たいのか唇が真っ青だった。私はまず蛇口を閉めて、スジにタオルとバスローブを渡した。少ししてからバスローブをはおってバスルームから出てくる彼女を支えてそっとベッドに寝かせると、壁のほうをむいて横になった彼女が言った。家族に会っていても楽しくないと、ただ嬉しいふりをしているだけだと、なにもかもがつくりものみたいだと……。

「一緒に食事をしたり買い物をしてても、いつのまにかあたしの魂は、そこから離れて『再会した家族』っていうコンセプトで演技してる彼女たちとその中にいるあたしを冷たく見つめてるの。いつもそんなかんじで。あたしが思っていた家族じゃない。ほんとはあの人たちは悲惨なくらい貧しい暮らしをしてると思ってたんです。でも実際会ってみると家や車もあった。お姉ちゃんたちは二人とも大学を出てて、それにお母さんは年取った犬まで飼ってた。図々しい。産んでくれって頼んだおぼえもないのに、勝手に産んでおきながらあたしの同意も許可もなしに遠い国に送りつけて。それなのに、犬を飼ってるなんて……。あの人たちは知らないでしょうね、あたしが一日に何十回も彼女たちをナイフで刺してその死体を踏みつけて捨てる想像をしてるなんて」

その日、スジは眠りにつくまですすり泣いていた。私は隣に座ってときどき震える彼女の背中を撫でてやった。スジは明け方になってようやく眠りについた。子どもみたいに体を丸めて悪い夢でも見ているのか、眉間にしわを寄せてすやすやと眠るスジを、私はしばらくの間見下ろしていた。

もう一人の国際養子はアメリカ国籍のスティーブだった。一九七〇年代後半にアメリカに養子に出されたスティーブは、私よりも十歳ほど上だったが韓国語は簡単な挨拶以外はまったくできなかった。背は低いものの肩幅があって、らんらんとした目をしていて、どこか引退したボクサーを思わせる人だったが、実際の職業は料理人だった。出国を翌日に控えて宿所のそばの飲み屋でパーティーが開かれた日、私はテーブルの隅の席でスティーブと並んで座ることになった。その場にいた国際養子のうち、家族と再会できなかったのは私とスティーブだけだったが、私は家族を探しだせなかったケースで、スティーブは自ら再会を拒否したケースだった。彼と私は周辺の国際養子たちが再会した家族や観光した話をなごやかにかわしている声を片方の耳で聞き流しつつ、何も言わずに酒のグラスばかり空けた。パーティーが終わるころになって、スティーブが実父と実母は海外にいるのかと英語で聞いてきた。テーブルの真ん中の席に座った彼と同じくアメリカに養子に出されたエズネという私と同じ年恰好の女性が、養子縁組は神が与えてくれた最大のチャンスだったと大きな声で話す声が響いていた。いいえ。私はうっすら笑って答えた。じゃあ、刑務所にいるとか？　いいえ。もしかして死んだの？　確かめられなかったんです。実は何も知らないのよ。彼と私が沈黙している間、実母が自分を養子に出してくれなかったら、今ごろ弁護士にはなれていなかっただろうというエズネの大きな声がまた聞こえてきて、その後にエズネに同意したり反発する言葉が行きかった。その小さな騒乱が落ち着くとスティーブが言った。

「七歳くらいのときにアメリカのミネソタ州の田舎に養子に出されたんです。二十時間かかった旅の終わりにその家に到着してみると、すでに三人の義理の兄弟がいました。みんな養子になった男の子で、故郷も人種もそれぞれでした。どうやら養父母がとうもろこし畑で働かせて税金を削減してもらおうと、考えなしに子どもたちを買ってきてたんです。それこそ fucking shit でしょ。十八歳になってすぐに都会に逃げました。ビルの清掃員から船着き場の荷役まで、やったことのない仕事はありませんでした。お母さん（オンマ）——彼はその単語だけは韓国語で『オンマ』と言った——に会いたかったけれど、彼女の身分証の番号と住所がわからないから探せなかったんです。経済的に余裕がなかったこともあったし。そうやって時が流れてこの歳になりました。ほとんど諦めていたところに、去年子どもが生まれたんですよね。その子を見てたら、オンマを探さなくちゃという気持ちにまたなったんですよね。だからこのプログラムにも参加したんです。今回韓国に来て、どうにかオンマの行方を探すには探せたんですよ。でも、Oh my god、彼女は南のほうの都市にあるホームレスの施設に放置されていたというんです。もっとおぞましいのは長い間精神障碍をわずらっていて、息子を産んだということすら覚えていないということでした。四十年ぶりにやっとオンマを見つけたのに、会いにいきませんでした。僕が探していた人は生物学的なオンマじゃなくて、僕にすまなかったと謝ってくれる感情的なレベルでのオンマだったんでしょうね。いや、もしかしたら、僕はそれ以上のオンマに会いたかったのかもしれない。そう、子どもを捨てたことを恥じて涙を流しながら許しを請うオンマをね。オンマはじきに死ぬでしょう。僕以外には子どもは産まなかったし、両親や夫もいないから、おそらく一人で。僕はもう誰も許すことができないんですよ、永遠に」

長い話の終わりにスティーブがグラスに残ったビールを一息に飲み干して、空いたグラスをのぞきこみながら低い声で静かにつけ加えた。

「You're lucky」

3

韓国時間の朝九時、入国審査を済ませてゲートを出ると「ムンジュ」と書かれた札を持って立っている二人の人が見えた。両手にキャリーケースを一つずつ引いて彼女たちに近づくと、肩に撮影用のカメラを乗せていた女性が軽く私にハグをしてくれた。彼女がソヨンだった。

ソヨンと一緒に来た人は、ソヨンが出た芸大の学部の後輩だと言った。ソヨンは後輩のことを、この春に卒業して大学院に進むために準備していると紹介したが、ボブヘアにユニセックスな装いの小柄なその後輩は、成人女性というより思春期の少年のように見えた。体のラインが強調されたワンピース姿にロングヘアがやわらかく揺れるソヨンと一緒にいるから少年のようなイメージが浮き彫りになったのかもしれない。後輩の名前はソユルだった。ソヨンの「ソ」は曙、「ヨン」は水晶の意味を持つ瑛。つまり曙の水晶。ソユルの「ソ」は小さい、「ユル」は栗の木、一言でいえば小さな栗の木に似た人。空港の入国ゲートのベンチで私がソヨンとソユルの意味を尋ねたとき、彼女たちは笑いながらそう教えてくれた。私は忘れないという意味で、曙の水晶、小さな栗の木、と何度かつぶやいてから携帯のメモ帳に入力した。そんな私を何気なく見ていたソヨンが、まるでたった今思い出したかのようにわざわざ明るい声で言った。ドキュメンタリー形式の映画は初めてだが、大学時代から今までソユルと一緒に五編の短編映画を作って、去年の冬に完成した最新作は国の機関から制作支援を受けているのだと、国内の映画祭に招待もされたと、誇らしげな顔で。ただ残念なことに今まで作った映画の中で劇場で正式に上映されたり、版権が売れて収益をあげた作品はないのだとも言った、このときは気落ちした表情で。

「だからいつもお金が問題なんですよね」

そう言うと、ソヨンは気恥ずかしそうに笑った。

いつもお金が問題だから、美術セットやコンピューターグラフィック、著作権のある音楽は映画に使えなかったし、俳優もスタッフも最小限に抑えるしかなかったとソヨンは話を続けた。今回一緒に作る映画も事情は同じだと、レギュラー出演者は私一人しかいなく、スタッフは監督のソヨンを含めて三人だけだと、空港には来られなかったもう一人のスタッフは最近、同年代よりも遅い兵役から帰ってきたソヨンの彼氏で、彼もやはり映画学科の同期だと言った。撮影が始まったらよれよれのトレーニングウエア姿で現れるはずだから驚かないでくれとソヨンは笑いながらつけ加えた。ソヨンが私の顔色を窺っているように感じられた。貧弱な撮影条件に私ががっかりするのではないかと心配しているのが見て取れた。がっかりすることなどなかった。むしろ慣れていた。アンリもいつもそうやって劣悪な環境で映画を作っていた。私の養父が映画監督なのを知らなかったソヨンとソユルは、私がアンリの話をすると驚きを隠せず、彼の映画に興味を示した。機会があればアンリの映画を観せてほしいという彼女たちの頼みは嘘ではないとわかっていながら、私はすぐに返事できなかった。彼女たちがアンリの映画を鑑賞するシーンをなまじ期待したくはなかった。私たち三人で料理とビールを囲んでアンリの映画を理解できなかったり、好きになれなかったりしたら、私はきっとがっかりするだろうし、いつまでもがっかりし続けるに決まっていた。

「そういえば、門の柱だって言ってましたよね？」

ソヨンが話題を変えてそう尋ねた。私が一年前のインタビューで話したことを確認しているのかと思ってうなずいた瞬間、ソヨンが携帯を取り出して何かを調べると、すぐに私の前にそれを差し出して見せた。携帯に内蔵された辞典に、ムンジュのカテゴリーが出ていた。

「調べてみたんですけど、ムンジュには門の柱の意味以外に、『埃』という意味もあるんですよね。韓国の東北地域で埃の方言として使われているんだそうです」

私はソヨンの携帯を受け取ってその画面をじっとのぞき込んだ。長いトンネルの中に吸い込まれていくように、周りが徐々に暗くなって空港の騒音も遠のいていった。映画に必要なシーンだと判断したのか、ソヨンが慌ててカメラをつけて撮影をしているのがちらりと見えた。カメラの赤いON表示が気になったが、その感覚はすぐに薄れていった。私の目に見えるのはただ一つ、埃という文字だけだった。

＊＊＊

埃。

空港鉄道に乗ってソウルに向かう間も、私は埃のことばかり考えていた。右側に座ったソヨンは空港の入国ゲートのベンチで撮った映像をじっくり見ていて、左側に座ったソユルは疲れたのか、こくりこくりうとうとしていた。

小さくて使い物にならない物質、清潔のために除去されるべきもの、すべての生命体が完全に消滅する直前に形として残る最後の形態。埃を定義すればするほど、埃こそがムンジュの本当の意味のように思えてきてその思いは徐々に大きくなっていった。**一か所に定住することなく、ささやかな風にもはかなく舞い散りながら今まで私は生きてきたのだから。もし生まれていなかったら、と仮定するたびに世界の至るところで舞いあがる埃を思い浮かべていた日々があったのだから。**もしかしたら、その機関士は私の心に刻まれているいくつかの記憶とは違って、本性は冷たい人だったのかもしれないという、勝手にこちらが裏切られたような気持ちが後から迫ってきた。線路なんかに捨てられた子どもなら、どこにも痕跡を残さず消えたほうがいいと彼は思ったのかもしれないのだから。もしそうなら、ムンジュは善意からではなく、疎まれ嘲笑われてつけられた名前だったのか。向かい側の車窓を見渡した。列車の車窓の外に流れていく風景は、仁川(インチョン)とソウルにかかっている鮮やかな夏の一部だったのにもかかわらず、私の目には有害な埃がぼんやりと舞っている滅亡寸前の都市が見えるようだった。

「かなり暑いでしょう?」

いつのまにか目を覚ましたソユルが私のほうにハンカチを差し出しながら尋ねた。私は、はた目にも気づくほどの冷や汗をかいていたようだ。真四角に畳んであるチェックのハンカチを見下ろしていて、一瞬彼女にすべてを打ち明けてしまいたい欲望にかられた。私は妊娠したと、いま私を成している最大成分は埃じゃなくてウジュだと、自分のせいでウジュに何かあったらどうしようと本当は怖いのだと、だから、一番必要とするときに一度でいいから助けてもらえないかと。

そうはできなかった。

たったいま挨拶をかわしたばかりの、それも私よりも十歳以上若いソヨンやソユルに私をゆだねたくなかったし、そうする理由もなかった。ただいい映画を作るためにさまざまなことに耐えている彼女たちに、私の状況や健康まで気を配る余裕はないだろう。映画の制作が終われば、私はソヨンの家から出るだろうし、医師のアドバイスどおり少なくとも二十七週目になる前にはフランスに帰って、お産の準備をするだろう。その間にお腹が大きくなって体形が変わり、一瞬一瞬予想だにしなかった方法で感情が揺れ動いたとしても、いつだってそうだったように、私は一人だろうし、一人でなければならなかった。

＊＊＊

緑莎坪(ノクサピョン)駅で降りると、ソヨンとソユルは疲れている私を気づかって、キャリーケースを一つずつ手にして引いてくれた。緑莎坪駅の外には高い塀に囲まれた米軍基地があり、葉の茂ったプラタナスが列をなしていた。ソヨンのワンルームは緑莎坪駅と梨泰院(イテウォン)駅の間に位置した町で、ふだんは緑莎坪駅からコミュニティバスで移動するのだと言った。今日は初日だから土地勘をつかむためにも歩いて上がるが、次からはコミュニティバスを使うほうがいいだろうと、それくらい急な坂道なのだとソヨンの説明が続いた。

上り坂が始まった。坂はソヨンの言うとおり急で、古い住宅が両側に所狭しと並んでいた。気になったのは、平凡な住宅街に洗練されたインテリアのレストランやバー、カフェなどが必要以上にいくつも目についた点だった。どの店も扉を開け放っていて、中では若い女性たちが何かを飲みながら話をしたり本を読んだり、ノートパソコンをのぞき込んでいた。過去と現在、衰退と若さ、日常と消費が入り混じっているところ、その坂は私にそう刻まれた。このエリアの物価がほかに比べて安く、大学進学で上京して以来落ち着いているが、この十年で思いがけずソウルのホットプレイスになったとソヨンが言った。そのせいで、なんの罪もないのに家賃ばかり上がったのだと、自分も再契約の時期が来たら引っ越さないといけないと話していたソヨンがふと、思いつめた表情になったと思ったら、いったい誰のための開発なのかと突然声を荒らげた。私はソヨンの代わりにソユルに町の名前を尋ねた。

「ここは梨泰院です。だから龍山区(ヨンサン)の梨泰院洞になります。でもソヨン先輩のところは解放村(ヘバンチョン)と呼ばれることのほうが多いんですけど、解放村は正式な名前じゃないんで。韓国が日本から解放された後に外国から帰国した人たちや越南してきた人たちが集まりはじめてできた、まあ一種のあだ名みたいなものです」

「じゃあ、龍山や梨泰院にも意味があるんですか？」

「それは……」

龍山や梨泰院の意味は考えたこともなかったのか、頭を掻くだけだったソユルがすぐに携帯を取り出してしばらくのぞき込んでみてからやっと私に答えた。

「龍山は地勢、つまり土地の形が龍に似ているから龍山なんだそうです」

「梨泰院は？　梨泰院はなんだって？」

隣からソヨンの声が割り込んだ。

「梨泰院の由来は二つみたいです。一つはここに梨泰院という〈驛院(ヨグォン)〉があって、そのときの名前が今まで続いているというもの。梨泰の理由は、ここに大きな梨畑があったからで。もう一つは朝鮮が戦争になるたび強姦された女たちがこの地域で子どもを産んで集まって暮らしはじめて、人々が彼女たちを異他人(イタイン)と呼んだそうなんです。その異他人から梨泰院が由来しているというものですね」

「二つ目の説のほうがそれっぽいね。梨泰院は米軍もあるし外国人と失郷民[朝鮮戦争のときに北朝鮮から韓国へ避難し、故郷に戻れなくなった人々]もたくさん暮らしてて、ゲイバーやムスリムのレストランもたくさんあるじゃない」

私はソヨンとソユルの会話をじっと聞いているだけだった。少しすると私たちはまた上り坂に沿って歩きはじめた。遅れていたソユルが足早に近づいてくると、朝鮮は歴史上の王朝の名前で、驛院というのは馬に乗って移動していた人たちの宿所だと、まるでたいそうな秘密でも教えるようにそっと教えてくれた。私は、わかったという意味でかろうじて笑って見せた。朝鮮だ、驛院だ、と言われても周期律表の元素名や難しい惑星の名前みたいにただ通りすぎていく単語に過ぎなかった。異他人たちの区域、私の中に刻まれたのはそれだけだった。

坂を歩いて二十分ほどすると目的地が見えてきた。ソヨンの部屋のある建物は古びて見えたが、その代わり高台にあるおかげでいま歩いてきた道がはっきり見えた。見晴らしのいい家だった。赤いレンガ作りの三階建ての建物の一階には食堂が入っていた。

私は食堂の前まで歩いていき白地に緑色の文字で「ポクヒ食堂」と書かれている看板をじっと見上げた。一度も修理したり掃除したりしていない、店を開いた当初からそのまま使っているようで看板の四隅はゆがんでいて、文字の色は褪(あ)せていた。照明がないせいで日が暮れると看板としての最小限の役割も果たせていないように見えた。ちらっと中を見てみると客は一人もいなくて、ただ食堂の主人と思われる老婆だけが空いたテーブルに座って、背面が飛び出ている旧式のテレビを見上げているだけだった。

私は老婆を見つけた瞬間、彼女から目を離せなかった。ソヨンがメールに書いていた、養子に出す子どもを一時的に預かって育てたことのあるその老婆だからだった。空港で、ソヨンは老婆の食堂を探していた児童福祉会の職員に道を案内してあげたことがあり、それがきっかけで、老婆の事情を知ったということだが、老婆とその話をしたことはないと言った。私のインタビュー記事を読んだころ、老婆にその養子について尋ねてみると、老婆は突然冷たい表情になって、他人の過去を探るなと不快そうに答え、それ以降ソヨンももう老婆の食堂では食事をしなかった。

いま食堂の中の老婆は口を半開きにしたままで、Tシャツの上に重ねた花柄の前掛けはくたくただった。ハエが一匹せわしなく飛び回っているのに、老婆は鋳型で作った彫刻みたいに身じろぎもしなかった。私が一番恐れている老年の姿がそこにあった。惰性のように続く孤独と世界に向けられた冷たい憤怒、そうしたものが深々と腰をかがめた体とくすんだ顔色にありありと浮かんでいる姿。私はすぐに顔をそむけた。他人の姿の中に、世間から捨てられた未来の自分を連想したくなかった。ポクヒは老婆の名前だろうか。おそらく。わびしくて、太った老婆の暮らす、看板に書かれた名前。私はスニーカーのつま先で地面をトントンとつつきながら、そう心で繰り返した。

＊＊＊

ソヨンの部屋がある三階に行くには、門代わりの鉄格子のような形をした小さなくぐり門と建物の外部についている階段を使わなければならなかった。階段の幅が狭くソヨンとソユル、そして私は一列になって階段を上った。欄干があるにはあるが、暗いときは特に気をつけなければと思った。十四週、ウジュの身体はすでにできあがっているだろうが、その骨は柔らかいだろうし血は十分に濃くはないだろう。臓器はひ弱だろうし、皮膚は薄い粘膜にすぎないだろう。まだしっかりと固まっていない泥のかたまりと何ら変わらないウジュは絶対的に守られるべきで、その保護者は私だけだった。

二十七段の階段を踏みしめていくと三階だった。ソヨンの家に入るには二つの玄関を通らなければならず、よって電子キーの暗号も二つ覚えなければならなかった。外の玄関扉は共同で使っていて、中に入って右側の玄関扉がソヨンの家に続いていた。ソヨンが体をひねらせたまま電子キーのカバーを開けて四桁の暗証番号を力強く押す姿を、私はそばで真剣に見守った。もとちょうど中の玄関扉が開いた瞬間、精霊の住処のようなこぢんまりした空間が現れた。もともとはワンルームだったのを、引き戸をつけてリビングと部屋に分けたのだとソヨンが言った。

靴を脱いで中に入って荷物を下ろすと、ソヨンがすぐに私の手をとり引っ張っていった。ソヨンはキッチンとトイレを回りながらそれぞれの食器や調味料の位置、コーヒーメーカーやトースター、洗濯機の使い方、シャワーの水圧や温水の調節方法などを休みなく説明して、その後は引き戸の奥の部屋に私を案内した。ベッドフレームのないマットレスと濃いブラウンの洋服ダンス、本棚と机、そして額と時計といくつかの装飾品が順に目に入ってきた。日当たりのいい窓、クリーム色の木綿のブラインド、蛍光灯とスタンド照明も私はこまめに目に焼きつけた。

家の紹介がすべてすむと、私はずっと気になっていたことを尋ねずにはいられなかった。

「それじゃ、ソヨンはこれからどこで寝るんですか？」

こういう約束になっていた。映画を撮る二か月あまり、ソヨンが自分の家を無料で提供すると……。パリでは、そのためにソヨンが不便を強いられるということまで考えが及ばなかった。

ソヨンは心配しないでいいと、ソウルには比較的手ごろな値段で泊まれるサウナがたくさんあるし、ソユルをはじめ一人暮らしの友人たちが何人かいるから、彼女たちのところを順番に回っても十日は泊まれると言った。本当に行くところがなければ、彼氏の部屋に世話になればいいと、そこが自分の最後の砦だと、彼が両親の家に居候している状態だからこっそり出入りするしかないが、経験がないわけじゃないのだと言うと明るく笑って見せた。ちょうどリビングとつながっているキッチンのほうから、空腹を刺激するにおいがしてきて、ソヨンと私は同時に後ろを振り返った。ソユルがあわただしくトーストとスクランブルエッグ、コーヒーを準備していた。すでに何度かソヨンの家で料理をしたことがあるのか、ソユルの手つきはてきぱきとこなれていた。

リビングのテーブルで向かい合って座り、遅い朝食を食べるとすぐにソヨンとソユルは立ち上がった。撮影開始は二日後だから今日はゆっくり休むようにと、時差ボケを解消するにはとにかく寝るしかないと彼女たちは言った。玄関を出る前に、ソヨンが一枚の紙を私によこした。家の周りのスーパーやクリーニング店、それから彼女がよく行く食堂が書いてある略地図だった。地図の上には玄関の暗証番号が太字で書いてあった。

＊＊＊

激しい痛みだった。

腰とお腹がずたずたに切り裂かれるようで太ももの内側は焼けつきそうに熱く痛かった。周囲には何もなかった。暗闇の中ぽつんと置かれた鉄製のベッドで私は一人で横たわっていた。力んで、もっと、もっと。暗闇のむこうから機械装置で変調したような中性的な声が聞こえてきた。私が頼れるのはその声だけだった。首と手の甲に青い血管が浮かび上がるほど幾度にもわたって頭の先からつま先までありったけの力で体をひねると、その瞬間、赤ちゃんの泣き声が聞こえてきて下半身がすかすかになった。ウジュなのね。痛みでぼうっとしている中でも私はそう思ってすぐにそっと笑った。ちょうどそのとき暗闇の中で青白い両手がすっと出てきて、隣にぐるぐる巻きにした毛布をおいてくれた。私は汗で顔にはりついた髪の毛を手の甲で無造作によけると、毛布の中に指をいれてそうっと隙間を開けてみた。

毛布の中は空っぽだった。

その瞬間、スプリングみたいにベッドからがばっと飛び起きて幾重にも重ねてある毛布を狂ったようにほどいてみたが、ウジュはその中にいなかった。極度の喪失感は血中と内蔵が凍りつくような寒さにつながった。歯ががちがちぶつかって肌がひりひりした。ウジュを守れなかったこと、そしてまた私が一人になったこと、それが私に投げつけられた現実だった。私はそれ以上耐えられなくなってあごを突き上げるようにして泣いた。口を大きく開けたまま肩を激しく震わせながら、いつになくみじめな気持ちで泣き、また泣いた。

やっと夢から覚めた後も、まだ寒くて悪寒でもするように体がかすかに震えていた。私は足元まで下がっている布団をひっぱりあげて首元までかぶった。かなり長い時間寝ていたのか、部屋には暗がりが客人のように訪れていた。今はパリではなくソウルにいるということを少しずつ思い出した。私の故郷、私の実家、でも今は悪い夢を見ただけなんだと慰めてくれる人ひとりいない場所……。私は反射的にお腹の上に両手を置いた。この唖然とした恐怖の瞬間、ウジュだけが心の支えだった。

＊＊＊

ウジュ。

暗闇の中でそっとウジュを呼んだ瞬間、また彼女が現れた。わかっていることといったら私を根拠にした限られた情報、つまりだから、四十年ほど前に私が彼女の体から出てきたということと、少なくとも三、四年は彼女の保護を受けていたというのがすべての彼女が……。もちろん推測できそうな情報がもっとあるにはあった。彼女は私の存在を世間に知らせなかったため、極秘で出産した可能性が高く、そうだったとすれば患者の個人情報を公開する必要のない無許可病院で私を産んだのかもしれない。彼女にはほかに家族がいなかっただろうから、一人で私を世話していたはずだ。それは、育児にまつわる退屈な労働に数年間一日もかかさず耐えたという意味でもある。

素直であどけない姿の女を想像したものだった。

孤立し閉ざされた部屋で言葉も通じない赤ちゃんにお乳をふくませたり離乳食を食べさせ、温かいお湯で洗ってやり、おむつを替え、手足の爪を切ってやり、げっぷをさせるために背中を叩いてやり、眠るまでお腹をさすってやることを繰り返したというのは、そもそもやさしい心と忍耐なしではできないことだ。罪について考えてみたことすらないような女、赤ちゃんを抱いたまま習慣のように祈りをささげる無垢な印象の女が想像しやすかった。

でも、罪を知らないということは、その純真さのせいでいつだってもっと大きな罪を犯しうるという意味でもある。彼女は私を産んで育てたが、同時に線路に捨てた人。自分の娘が死のうと死ぬまいと関係ないという、無関心という名の悪意が線路という空間を覆っていた。無知だからこそもっと怖い女、夜になれば泣く赤ちゃんを部屋に置いたまま通りに出る女、私が生まれる前と生まれた後も不注意に妊娠を繰り返し、何度にもわたって中絶し、中絶に失敗すると生まれた赤ちゃんを気の向くまま捨てただろう女、だから、誰でもお金を払えば買える女、他人から人間らしい扱いを受けたことのない女……。

大学に通っているとき校内の心理カウンセリングを受けたことがあった。ムンジュとして暮らしていた時期のことはところどころそれでも感覚的に思い出すのだが、なぜかそれ以前の時間は忘却の彼方に葬られていて、いつも気になっていた。つまり、私の人生で線路が忘却と記憶を隔てる境界線になった理由を知りたかったのだ。あのとき、カウンセラーは成人の最初の記憶は一般的に三歳ごろから始まるのだと、私が線路で発見された時点が生後三年ほどなら、生母と暮らしていた時期を覚えていないことは、医学的にはよくあることだと言った。でも、線路で発見される以前とその後のことがそれほどまでにはっきりと分かれて一方だけが完全に忘れ去られているのは、私の意志が介入していたためだと診断された。長い間、私は無意識のうちに、生母と暮らしていた時期について考えようとしなかったし、そのせいで、当時の記憶が真っ黒な封筒のようなものに入れられて封印されてしまったというのがカウンセラーの診断だった。

「もちろんトラウマのせいでしょう。線路で汽車が自分にむかって走ってくるのを見てあなたは精神的に外傷を負ったのです。もちろん生母と暮らしていたときにすでにトラウマができていた可能性もあります。受け入れがたいシーンを目撃したとか、虐待を受けたとか」

患者に対する礼儀正しいマナーより、正確な情報を提供することのほうが大切だと思っているのか、カウンセラーはストレートな物言いで診断を続けた。ある瞬間から、カウンセラーの言葉はそれ以上耳に入ってこなかった。結局、私はカウンセラーの話が終わる前にがばっと立ちあがって挨拶もせずに出てきた。最初で最後の心理カウンセリングだった。

＊＊＊

しばらくしてやっとマットレスから起き上がって、蛍光灯のスイッチを押したがつかなかった。カーテンを開けて外を見ると周りの建物の窓はみな暗かった。携帯の液晶から漏れるライトを頼りにろうそくを探したがすぐにあきらめた。ソヨンの家は狭く、食べて寝て洗って排泄するのに必要なものだけですでにいっぱいだった。ろうそくのような非常時のためのものがあるとは思えなかった。

　まず外に出なければと思って財布と鍵、それからソヨンが描いてくれた地図を手にした。昼食も食べずに夜まで寝ていたせいかお腹がすいていたし、これ以上暗闇に耐えられそうにもなかった。玄関のドアノブをつかんだ瞬間、このドアを開けたら暗黒だけの断崖に落ちてしまいそうな気がして思いもよらなかった恐怖が押し寄せてきた。見覚えのある感覚だった。振り返れば三十五年前にすでに経験していた手順だった。アンリとリサの家についた初日にも私は悪夢を見て、悪夢から目覚めた後は激しい尿意を覚えて、今みたいに断崖を想像しながら部屋のドアを開けられずにいたのだ。通らなければならないこと、通り過ぎればなんでもないこと、そう繰り返すと、私は深く息を吸ってからゆっくりとドアノブを回した。ドアが開いたとき、そしてそこには当然ながら、断崖ではなく階段があった。遠くに見える坂道の下には灯りが満ちていて、ライトアップした南山タワーも視界に入ってきた。停電は高台の家々にだけやってくる、一種の貧しい天使のようだと私は思った。

　手で欄干を確かめて慎重に二十七の階段を踏みしめた。くぐり門を開けて出てみるとポクヒ食堂の前を通るのだが、食堂のガラス窓にぼんやりと映るかすかな光が目を引いた。食堂には相変わらず客はいなかった。昼間見たあの老婆は燃えるろうそくの前に座っていて、壁にゆらめく老婆の大きな影はそんな老婆を心配そうに見おろしていた。昼間、ソヨンが自分がここに引っ越してくるころにポクヒ食堂も商売を始めたのだが、そのときから今まで食堂がお客でにぎわっているのを見たことがないと言った。食堂はさほど衛生的とは言えず、料理のほとんどがしょっぱく、それよりも客商売をするにはあまりにも不愛想な老婆の性格のせいだろうとソヨンは推測した。実際に老婆は客が来て帰るときも、やさしく声をかけるというのを知らない人で、町内の人たちとのつながりも薄いようだった。むしろ一人きりでがらんとした食堂でぼうっとしている姿をよく目にしたものだった。ポクヒ食堂には常連客はほとんどいないはずだと、ソヨンと気まずくなる前までは、同じ建物に暮らしているという義理からひと月に一、二度ポクヒ食堂を利用していただけだと言った。

ソヨンの話をはっきり覚えていたのに、いつのまにか私はポクヒ食堂のガラス窓の前までゆっくりと歩いていっていた。ろうそくの灯りのせいだったのだろう。ろうそくは、まるでフラッシュバックのための小物のように、大小の光で少しずつ広がっていくと、すぐに記憶のある部分を明るく照らしはじめた。

灯り、灯りたち、それはケーキにささっていたいくつかのろうそくだった。誰かがそのケーキを手にして薄暗い病室に入ってくると、二、三人ずつ集まってビールやワインを飲んでいた人たちが一斉にそちらのほうを見つめた。アンリが五十八歳になる日で、同時にそれ以上の治療は諦め退院を翌日に控えていた日でもあった。ベッドに斜めに横になったまま、その隣に座っていた私に、撮りたかったけれど撮れなかった自分の最後の映画の話をしていたアンリがリサを探しはじめた。両脇を支えてもらうには娘よりも妻のほうがよかったのだろう。少し前まで招かれざる客のように病室の隅で一人しょざいなげに立っていたリサが足早に近寄ってくると、アンリをケーキの前に連れていった。無名の映画監督と脇役俳優、まだその実力を認められていない撮影スタッフたちが大部分だったが、アンリの友人たちがケーキを丸く囲んで集まっていた。風船が浮かんでいて、誰かがアンリの坊主頭に三角帽をかぶせてあげた瞬間あちこちから爆笑が起きたが、永遠の別れを前提とした最後の誕生日パーティーの沈鬱な雰囲気を完全に消し去ることはできなかった。携帯電話やデジタルカメラの機械音、拍手の音、いつのまにか始まっていたバースデーソングや歌声の合間のすすり泣き、アンリは穏やかな顔でそのすべての音を聞き、痩せた両頬がこけるまで息を吸い込んでからすぐにフゥーっと吐き出した。ろうそくはすべて消えた。

私が覚えている、アンリの最期の姿だった。

私は衝動的にポクヒ食堂の扉を開けた。大きな影に守られて揺らめくろうそくの前であたたかい料理を食べたいという思いしかなかった。チロリンという鈴の音に老婆が後ろを振り返った。

4

アンリが初めて劇場で映画を観たのは十二歳の誕生日で、映画のチケットは彼の母親が用意しておいた誕生日プレゼントだったそうだ。母親と妹は劇場のロビーに残り、アンリは受け取ったチケットを手にぎゅっと握りしめて一人階段を上がった。劇場の扉を開けるまでアンリは何度も後ろを振り返ったはずだ。

その日アンリは映画という新世界に息が止まるほど圧倒された。映画の内容に魅せられたのではなかった。実際に十二歳の彼は、その日観たアメリカの西部劇のあらすじや人物関係をほとんど理解できなかった。スクリーンに映写される光の動きとは関係なく、俳優がスクリーンの外に消えていく断絶の瞬間に彼の心臓は高鳴った。彼は、あるいは彼女はどこに行ったのか。いったいどこでシナリオにはない未定の人生を生きているのだろうか。映画を観ている間中、アンリはスクリーンの外で動いているもう一つのストーリーに心を奪われていた。スクリーンと並行して存在するが不確かな想像の領域、カメラの欲望が隠された空間であり、永遠に未完のまま残る場所、まるで選ばれなかった私たちに許されたかもしれないもう一つの人生のように……。劇場を出たとき、アンリはもう映画を知らなかったころには戻れないと気づいた。

順調ではなかった。いや、彼は絶対的に不運だった。彼の母親はトルコ生まれの移民で、妹が生まれるとすぐに家を出ていったフランス人の父親は一度も養育費を送ってこなかった。アンリは思春期のころから母親と一緒に生計を立てるのを助け、大学に進んで映画を勉強したいという望みは心の片隅にしまっておかなければならなかった。代わりに食堂やクリーニング店、公共機関のトイレ掃除をしてまわり、その合間に映画理論を読み、週末には一人で劇場に行って二、三編の映画を観た。

歳月が流れ母親が再婚して妹が成人すると、やっとアンリはわずかばかりの荷物を持ってパリに向かった。ずっと前からの計画だった。二十代中盤だった彼は、安いゲストハウスに泊まりながら貯めたお金で私設映画アカデミーに通ったが、そのときに出会った人々はアンリの一生の友達であり仕事のパートナーになった。アンリは彼らと映画制作の共同体を作って、監督とスタッフと俳優の役割を交代でこなしながら実験的な自主制作映画を撮った。撮って、撮り続けた。パリでも食堂やクリーニング店やトイレをまわってずっと働き続けたが、映画を撮るたびにお金が必要だったせいで、アンリはいつも貧しかった。いや、いつにもまして貧しかった。しかし貧しさは彼に絶望をもたらしはしなかった。しみったれた機会とこれでもかとまとわりつく不運に比べたら、貧しさなんてそれこそなんでもなかった。彼の映画は一つも映画館にかかることはなく、映画祭に招かれたこともなかったし、何度も直して完成したシナリオは投資者の関心を引くことはなかった。たった一度、有名俳優がアンリの映画に出演するという話に投資してもらったことがあったが、後になってその俳優が出演をとりやめると、投資資金も回収される羽目になった。パリに来てから、アンリはいつもそうやって暮らしてきた。

私が聞いたのはそこまでだった。

私が高校を卒業して大学の寮に引っ越した日、つまりアンリとリサから独立した日、アンリが部屋の引っ越し荷物の箱の間に座って聞かせてくれた話だった。失敗と絶望のジェットコースターとなんら変わらなかったアンリの人生、誰からも守ってもらえず、何も報われない私の父の人生、純粋に彼の人生、考えながらこわばった表情でもくもくと荷物をまとめていると、ナナ、アンリが低い声で私を呼んだ。顔を上げると、ナナ、それが人生さ、アンリが続けて言った。がん細胞はまだ見つかっていなかった四十代半ばの若いアンリは、すぐにうっすらとほほ笑んでみせたが、その日私は最後まで笑えなかった。

＊＊＊

アンリは知らなかったが、その日以降、私もスクリーンの外側を想像するようになった。私が見つめるスクリーンには映画ではなく私の人生が投射されるという違いはあったものの、どちらにせよ、私はアンリの映画のＤＮＡを譲りうけたことになる。

スクリーンの外側、つまり私の人生の外にはムンジュがいた。フランスに向かった私とは違って韓国に残ったムンジュが韓国で暮らしながら私と同じスピードで年を取ったと仮定すると、並行する二つの人生というのは想像に難くなかった。特別な日、気分のいい日、気分のいい状態を疑い、結局はみじめな記憶にまでたどり着く日、なんの根拠や脈絡もなしに、周りの人たちすべてから見捨てられたのだと思えてならない日、私は常備薬をもとめるようにスクリーンの外にいるムンジュを呼び起こしたものだった。ムンジュを想像するのが好きだった。いや、想像することしかできなかったから私は想像した。

ムンジュの成長過程や職業、いつ初恋をしてどれくらい恋愛をして、結婚や出産はしたのかどうか、想像のたびに変わりはしたが、それでもムンジュについてたくさんのことを確信できた。前ではなく地面を見ながら歩くのに慣れていること、物をなかなか捨てられないせいで、家はさびた指輪や折れた眼鏡みたいな使い物にならない物たちであふれているだろうこと、活字中毒のせいで本を読まない日はほとんどなく、本がない日はチラシや食料品の包装紙の裏についているレシピでもいいから読まずにいられないことも。ムンジュや私の共通点といったらそれ以外にもいくつでも並べられた。ムンジュもやはり空腹に冷たい水を飲むと一日中お腹が痛いはずだし、マグロやニシン、サバのような青魚を食べるとあごや首にじんましんが出るはずだった。終わりのほうになるにつれトーンの高くなる笑い声、落ち込むと背中を丸めて小さくなる姿勢、いくら親密な人ができてもあらかじめいつか別れることを想定しておく小さな心も、みなムンジュの一部なはずだった。

ときどきムンジュは小さな沈黙の中でとめどなく歩き続けた。汽車の車輪の音が耳鳴りのように耳元を覆う瞬間には、ムンジュも私みたいにただひたすら歩くしかなかったのだろう。そういうとき、いつもムンジュの周りは線路のある風景に変わった。いや、作られた風景だった。線路の下に砂利がしきつめられてその隣には草が生えていて風が吹いて草の葉はからみあった。歩いている間ムンジュはけっして後ろを振り向かなかったから、私も彼女を無理に振り返らせようとはしなかった。それに、彼女の顔はもう見たも同然だった。私の人生の外に投げ出されたムンジュはもう一人の私だったのだから、その表情やまなざしは私のものでもあった。

＊＊＊

線路……。

想像の中のムンジュがとぼとぼ歩いていたであろう薄暗い線路は、今、私の目の前ではっきりした形で実在していた。映画のオープニングシーンを撮影する日で、韓国に来て三日目になる日、私は清涼里駅（チョンニャンニ）のプラットホームに立つことになった。不思議。私はひとりごとをつぶやいた。たしかに不思議ではあった。一握りのぼんやりとした記憶をもとにして頭の中で思い描いていた清涼里駅の線路は、広くて荒涼としたプラットホームから始まりどこまでも続く一本の長い線に過ぎなかったのに、実際目にしたプラットホームは現代的でにぎわっていた。それに、到着地によっていくつかに分かれたプラットホームの両側には線路が二本ずつあり、一本の長い線のようなものはどこにもなかった。思い浮かべるたびに形を変えていたプラットホームと線路が、目の前にこうして動かぬ構造物として現存するということが、体温と表情と声をもつ人たちがせわしなく行きかう現実の空間だということが、むしろ夢の中のシーンのように思えてしかたなかった。夢ならば、音で記憶される夢だったのだろう。近づいては遠のいていく足音とキャリーケースの車の音、列車番号や目的地や発着時間を知らせるアナウンス放送が線路の周りの虚空を隙間なく埋めていた。

じっと線路を見渡してから、一歩一歩前にむかって歩きはじめた。すぐに靴が黄色い安全線を越えて足の裏の半分以上がプラットホームの外に押し出された。ふと後ろを振り返ると、ソヨンとソユルはスクリプトを見ながら話をしていて、ちょっと前に除隊したというソヨンの同い年の彼氏――ソヨンが言うように彼はよれよれのトレーニングウエアを着て地下鉄の駅に現れたのだが、彼の名前はウンと言った――はレフ版を横に立てておいたまま、文字と数字が変わりつづける電光掲示板をじっと見上げていた。

私はためらうことなくプラットホームの下に降りて線路の真ん中に立った。いまプラットホームは膝の高さにあった。プラットホームを行き来していた人たちが線路に立っている私を不思議そうなまなざしで見つめていて、びっくりして足を止める人もいた。周囲のざわめきにようやく状況を把握したソヨンとソユル、そしてウンが慌てて私のほうに近づいてきた。彼らを見つめながら私は今まで脇に挟んでいたボール紙を広げた。薄いベージュのボール紙にはぐらぐらした私の筆跡で「ムンジュ」と書いてあった。それは、昨日の夕方ソヨンの家でソヨンと一緒に作った撮影用の小物の一つだった。大丈夫。私は次の列車の到着時間を告げる電光版を指さして彼らに言った。

「大丈夫だから今撮ってください、すぐに」

一番最初に動いたのはソユルだった。ソユルが長い棒状のマイクを私のほうに傾けると、面食らった顔で電光版と私を交互に見ていたソヨンがすぐに何かを察したようにカメラを持って線路に降りてきて撮影を始めた。撮影なんていいから早く上がってこいと急き立てていたウンは、遅くなるほど危ないというソヨンの言葉に、やっと数歩後ずさりしてレフ版を持ち上げた。彼らも知らなかったはずだ、埃のように生きてきたさすらい人には、プラットホームよりも危険な線路のほうがずっと似合うということを。それにそのさすらい人にとって線路は、その人が誰であるかを代弁する空間でもあった。

線路を通り過ぎる夏の風から、若葉のにおいがした。

＊＊＊

初回の撮影は無事に終わったが、プラットホームから抜け出てくるまで誰も笑わなかった。駅員に止められる前に撮影が終わってよかったとソヨンが口にした瞬間、現場のリスクをコントロールできないなんて監督が無責任すぎると、場合によっては犯罪にだってなりうるとウンがかっとなったからだ。ソヨンは怒ったウンにもっと怒り、ソユルは疲れたようで口をぎゅっとつむんだ。私が捨てられて発見された場所はプラットホームではなく線路だったのだから、あの瞬間、線路に降りていくほかなかったのだが、相談せずに突発的に動いたことについては正しいとは言えないだろう。ばらばらになって前を歩いていくソヨンとウンを呼び立てて、私が正しくなかったと謝ってから、理由を説明すると彼らは同じ表情で同時に私を見つめた。その表情はとまどいと憐み、その真ん中ぐらいにある感情を意味しているようだった。

雰囲気がすっかり元に戻ったわけではないものの、昼食は一緒に食べなければならなかった。撮影の日は俳優とスタッフに食事をごちそうするのが監督ソヨンの原則だった。清涼里駅のそばにある小さな食堂でうどんと海苔巻きで昼食をすませると、ソユルは劇場のチケットもぎりのアルバイトがあると言って急いでバスに乗っていった。ウンと私はソユルが借りてきたマイクと録音機を一つずつ手にしてソヨンについて地下鉄に乗った。カメラを除いた撮影機材は忠(チュン)

武路(ムロ)にある映画人組合から借りていて、貸与時間が長引くほど費用がかかるため、少しでも早く返却したほうが正しいとウンが言った。

「そうだね、予算の無駄づかいは正しくない」

ウンの隣に立っていたソヨンがすぐに答えた。そのときになって私は彼らがもう仲直りしていて、彼らにとって「正しい」という単語が私をからかう一つのふざけた暗号になっていることに気がついた。自分が借りたレフ版だけでなくソユルのマイクも代わりに返してくるというウンが地下鉄四号線の乗り換え駅で降りる前に、まっすぐに折ってあるナプキン一枚を私にさしだした。食堂の名前が印刷されているナプキンには漢字の「銀」とあった。漢字の意味はアクセサリーやコインの材料になる白色の鉱物、つまりシルバーだと説明した。清涼里駅のそばで昼食を食べるときに私が彼にウンの意味を尋ねたのを思い出した。私は、がたつく地下鉄の壁面によりかかったまま、ウンから受け取ったナプキンをしばらくの間じっと見ていた。

ソヨンと私は合井(ハプチョン)駅で降りた。

合井にはソヨンの職場と作業室を兼ねたコーヒーショップがあった。ソヨンは合井のその小さなコーヒーショップで一週間に三日働き、仕事のない日にも何度も立ち寄りシナリオを書いたり、スクリプトを作ったりしていた。昨日の夕方、私がボール紙に「ムンジュ」と書いている間、ソヨンが聞かせてくれた彼女の日常だった。

辞書によれば、合井には貝がとくにたくさん棲息していた大きな井戸があったのだが、貝を意味する「蛤（ハプ）」が植民地時代を経て比較的簡単な「合（ハプ）」に変わり今の合井になったという。一つ驚いたのは、生活用水のためではなく、天主教信者を処刑する刀を磨いたり洗うために人為的に掘った井戸だったという点だ。朝鮮王朝時代が終わるころには、天主教を信じることは死刑に値する重罪だったようだ。コーヒーショップにむかって歩いていきながら私はソヨンから昨晩インターネットで見つけたそんな話をしてやり、ソヨンは合井に殉教者を称える聖堂や記念館があるのは知っていたが、その名前の由来は自分も初めて聞いたと答えた。たしかに、私もパリでは行政区域の名前に何の関心もなかったし、そういうものに関心を持つこともあるのだと考えたことすらなかった。もしその大きな井戸の跡が合井に残っていたら行ってみたいと私が言うと、ソヨンはそんなものが残っているはずないと答えた。ソウルみたいに地価の高い都市ならとっくに埋め立てて、その上にマンションやビルが建っているはずだと彼女は言い切った。

＊＊＊

コーヒーショップに着くとソヨンはふせておいたオープンのプレートを立ててから入り口の施錠を解除した。正式なオープン時間は午前十時だが、撮影で開店が午後になるのはコーヒーショップのオーナーから許しを得ていた。ソヨンはコーヒーショップに入るとすぐにコーヒー豆を運び、果物を洗い、店の準備をし、私は飲み物を準備するスペースとL字でつながっている木目のカウンターに座った。

「漢字だけを集めた辞書を見ると、『ムン』の漢字は百以上あって、『ジュ』は二百を超えるんです。なのでムンとジュが組み合わさる可能性は二万語以上。もちろんウズラの子どもを意味する鶉（ムン）だとか、牛が息切れする音を意味する犨（ジュ）みたいに、あまり使われない漢字を除いた場合、その数はずっと減りますけど」

ソヨンがカウンターのむこうでカップやスプーンや皿を拭きながら説明している間、ムンジュ、ムンジュ、ムンジュ、私はカウンターの上に指で書いて、また書いた。頭の中には二万個のそれぞれ違う模様の家が作られては消されるのを繰り返しているところだった。ソヨンに、やはり埃が似合うみたいだと、なんとか振り絞って言うと、ソヨンが何も覚えていないようなきょとんとした口調で、埃ですか？　と聞き返した。

「あ、辞書に出てくるムンジュの二番目の意味ですか？　辞書にそう出てたとしても、人の名前に埃ってつけるなんて常識では考えられませんよね」

と言いながら、ソヨンは映画の二つ目のシーンにあたるスクリプトと一緒に、私が注文したアイスレモンティーをカウンターの上に置いた。私はソヨンの言葉に同意も反発もしないままスクリプトだけのぞきこんでいた。二日後には私が二年近く預けられていたナザレ孤児院にソヨンと行くことになっていた。イエスが幼少時代を過ごした地名から名前をとった孤児院は今も運営中だったが、当時の院長だった修道女ベロニカは、もうそこにはいなかった。ナザレ孤児院には私のことを覚えている人はもういないのに、ソヨンは私から韓国に行くというメールを受け取ってから、仁川にあるその孤児院とずっとコンタクトをとっていて、責任者に映画の撮影の許可までもらってあった。孤児院を訪ねて、体当たりしてみれば、もしかしたらベロニカ修道女との接点が見つかるかもしれないとソヨンは期待しているようだった。

チリン、という音と一緒に大学生とおぼしき客が二人コーヒーショップのドアを開けて入ってきた。彼らがドリップコーヒーを二杯頼むと、ソヨンは突然忙しくなった。私はスクリプトとバッグを手にして椅子から立ち上がった。ソヨンにさっと挨拶をして入り口のほうに歩いていくと、清涼里駅で彼女が私について線路に降りてきた理由をふと知りたくなった。

「あのシーンは俳優の視線と同じ位置で撮るべきだと思ったんです。あのとき俳優が目にしている風景がどんなものだったか、私も知りたかったですし」

細身のエレガントなポットに熱いお湯を注いでいたソヨンがそう答えた。ちょうどうつむいていたソヨンには見えなかっただろうが、そのとき私は一瞬笑った。いや、笑ったはずだ。コーヒーショップのドアを開けて外に出ると、目の届くあらゆる場所に夏の日差しが揺らめいていた。小さな素焼きの陶器の中に広がるグリーンのインクみたいに、しばし私の体内にしみいってくる夏はその濃度をいっそう濃くしていくことだろう。それは、ウジュの骨と血、臓器と皮膚が果実の実のように熟していくことを意味してもいた。通り過ぎるタクシーを捕まえ、後部座席に座ったとたんけだるい眠気が押し寄せてきた。

5

タクシーでうとうとしていてはっと目を覚ますと、すでにソヨンの家の近くだった。果物屋で桃を少し買ってからソヨンの家のほうへ歩いていくと、食堂の前でしゃがみこんでいるポクヒ――二日前の停電の夜にポクヒ食堂で食事をしてから私にとって老婆はポクヒになっていた――の丸くかがんだ後ろ姿が見えた。ポクヒは厨房からつないでいるホースの水で大きなプラスチック容器やお盆、皿などを洗っていた。ポクヒに近づいてビニール袋を渡しながら一緒に食べようと思って買ったと言うと、ポクヒは日差しのせいなのか私を見上げて顔をしかめて笑い、桃を一つひとつ水で洗ってからていねいに乾いたふきんで拭いた。

ポクヒはソヨンから聞いていたのとは違って親切で好奇心も旺盛だった。停電の夜、ろうそくに引かれて食堂の扉を開けて中に足を踏み入れた瞬間から、ポクヒは私に関心がありそうだった。辛くない料理をなんでもいいからお願いしたいと注文すると、ポクヒはすぐに澄んだスープを煮たてて持ってきて、ご飯とおかずをテーブルの上に置くと、さりげなく私の向かいに座った。スープの名前は白純豆腐（スンドゥブ）スープと言った。時差で疲れていたせいか、おさまっていたつわりがまた始まって戸惑っていたのに、熱い白純豆腐スープをすくって食べてみるとお腹が楽になった。ポクヒが作った料理が私の体に合うという証拠だった。向かいのポクヒはコップに水を入れてくれたり、おかずを私のほうに寄せてくれたり、ご飯を食べ終わるころにはお代わりを持ってきてくれたりもした。目が合うたびにポクヒは笑った。笑うときポクヒはもう孤独と怒りに満ちた老年の標本のようではなかったが、その代わりさびしそうに見えた。絶えず内壁の傷をこじらせながら時間とともにボールのように転がってきた心があるとして、それが人間の顔に映し出されるとしたら、きっと彼女のように見えるのではないだろうか、私は思った。ふと機関士の母親を思い出した。私をじろりと見ていたまなざし、私が食事の席につくたびにきまってついていた大きなため息、私のほうをちらっと見ながら機関士を責め立てていた声、でも……。それでも彼女は毎晩私にシャワーをさせてくれて、よく市場に連れていってくれて、町内の子どもたちから後ろ指をさされて乞食だとか孤児だとかからかわれると、どこだろうと飛んできてその子たちを追い払ってくれた。彼女が握りこぶしではなをぬぐいながら私の髪の毛を結わえてくれた日も記憶のフレームの中に入ってきた。庭の片隅でずっと煙草を吸い続けていた機関士が、そろそろ行こうと私の手をつかむと、彼女が突然私をぎゅっと抱きしめた。新しいワンピースが彼女の涙で濡れていき、あのときの私はただそのことだけが気がかりだった。何があっても幸せになるんだよ。幸せになりなさい。まだ別れの意味を知らなかったのに、もう二度と彼女に会えないのだろうと、その瞬間、私ははっきりと予感していた。悲しかったけれど、不思議なことに涙は出なかった。

きっとそのせいなのかもしれない。ポクヒの顔に機関士の母親が重なって見えて、そのうえポクヒもやはり機関士の母親のように他人の子をあずかったことがあるというのを知っていたから、あのとき、私はあれほどまでに無防備に正直になることができたのだ。私のたどたどしい話し方のせいか、頭をかきながら、もしかして外国から来たのかと慎重に尋ねるポクヒに、私はこれまでどうやって生きてきたかをつつみ隠さず告白したのだ。つまり、三十五年ほど前フランスに養子に出された過去とそこでの暮らし、それから今は三階に住む若い映画監督の頼みでしばらく韓国に来ている事情みたいなもの……。簡単にまとめた情報にすぎなかったが、私のことをよく知らない人に衝動的にこんな話をしたのは初めてだった。

「イチバンって、知ってる？　イチバン、ナンバーワン！　あたしがナンバーワンありがたくて申し訳ない人、その人に似てるよ、あんた。目元や口元なんかが特にね……。あたしゃ、びっくりしたよ」

私の告白をすべて聞いたポクヒが言った。私が外国から来たのを意識しているのか、突然子どもに話しかけるような口調になったポクヒは、驚いたよ、というとき目をまんまるに見開いて口を大きく開ける表情の演技までして見せた。私は笑うしかなかった。ポクヒが、笑う私を栗色の瞳でじっと見つめた。私への彼女の好意、その大きさと体積を手でもって量れるような気がした。その好意は、もちろんポクヒが預かって育てたことのある子どもとつながっていたはずだった。

「ポクヒってどういう意味ですか？」

食堂を出る前に食事代を支払いながら私が聞いた。韓国に来てから新しく出会った人に名前の意味を尋ねることが、今では一種の通過儀礼のようになっていた。

「『福(ポク)』も『禧(ヒ)』も、どれも福があるって意味だよ。ラッキーって、わかるだろ？」

「じゃあポクヒはラッキーでラッキーな人ですね？」

「そう、そのとおり」

私が理解したという意味でうなずくと、ポクヒは私の手をぎゅっと握って、またおいでと言った。

「食べたいものがあったらいつでも言うんだよ。なんでも、全部、エブリ、エブリ、いいね？」

なんでも、全部、エブリ、エブリ……。ラッキーでラッキーな彼女が選んだ言葉には体温があり、ようやく私は故郷に帰ってきたと実感できた。二日前の夜、ソウルでの初日、私はそうやってポクヒと出会った。

＊＊＊

食堂の空いたテーブルに座って、ポクヒがていねいに洗ってくれた桃を一つむいて食べていると、ポクヒ、と呼ぶ声が聞こえた。ポクヒと同い年ぐらいに見える老婆が、段ボール箱や空瓶、プラスチックを雑に積んだリヤカーを引きながらポクヒのほうにのろのろと近づいてきていた。しんどそうに膝を伸ばして立ち上がったポクヒが彼女を出迎え、二人はすぐに食堂のひさしの下に並んで座った。二人は似たような背丈だったが老婆がひどく痩せていたせいで、ポクヒはいつもよりももっとふくよかに見えたが、まるで正反対の体形のせいか、どうやって友達になったのかますます気になった。ポクヒが前掛けから煙草の箱を取り出すと老婆は煙草一本に火をつけて、頬をへこませて煙を吸い込み、私はさしせまった勢いで煙草を吸う老婆の姿からなかなか目を離せなかった。煙草を吸っている間、ポクヒはまるで私が無事かどうか確かめでもするように、ときどき振り返って私のほうを見て、私と目が合うとそっと笑ったりもした。老婆が煙草を吸い終えると、ポクヒは老婆に煙草の箱を握らせたまま、日陰に置いておいたおかずの容器をいくつか老婆のリヤカーに積み込んだ。

老婆がまたリヤカーを引いて帰っていくと、やっとポクヒは濡れた容器やお盆を持って食堂に戻ってきた。私が桃を一つ渡すとポクヒは歯が悪くてかたい桃は食べられないと言って手を振り、厨房のほうへつかつか歩いていった。厨房からはすぐにカタカタ音がしてきた。しばらくしてポクヒが器を二つ持って厨房から出てくると、器には麺(ククス)が入っていた。この二日でつわりがおさまってありとあらゆる食べ物が恋しかった私にとって、ポクヒが作った料理はさらに食欲を刺激した。トンチミという水キムチの汁で作ったというポクヒのククスは、澄んでさっぱりしていて少ししょっぱかった。ぎこちない箸使いで一生懸命ククスを食べていると、ポクヒが自分の分のククスを私の器にわけてくれて、消化に悪いからゆっくり食べなさいとなだめるように言った。どうしてだったのだろう。なぜ、なんでもないような彼女の言葉に、あれほどまでに喉元がつまったのだろう。私が咳をして水を飲むと、口にあわない？　とポクヒが尋ねた。見てみるとポクヒのまなざしは、心から私を心配していた。その瞬間ポクヒにあの料理の説明をしはじめたのは、それだけポクヒが近くに感じられたからだろうか。いつでも、全部、エブリ、ぬくもりのあるあの言葉がちょうど思い浮かんだからかもしれない。そしてたった一つ、十年近く食堂をやってきたポクヒなら、中にあんこが入っていて外は砂糖がまぶしてあるあのぺちゃんこの餃子のような形をした茶色に近いえんじ色の料理を知っているかもしれないという現実的な判断も、一役買っていたはずだ。

私の説明を聞いたポクヒは、絵があればそのとおりに作れるから次は絵を描いて持ってくるように言った。ポクヒも知らない料理なのだろうか。たしかに、韓国のどの食堂でも今までその料理を見たことはなかった。私はまた箸を動かしはじめ、ポクヒはしばし私の様子をうかがうとすぐに慎重な面持ちで尋ねた。

「ひょっとして、ベルギーって国に行ったことあるかい？　フランスから来たって言ってたから。地図見たらベルギーとフランスはくっついてたからね、行ったことあるはずだろ？　そうだろう？」

フランスからドイツやイギリスに行くときはベルギーで乗り換える格安列車を使うことの多かった私にとって、ベルギーは大きな待合室のような国だった。数えきれないほど行ったと答えるとポクヒは前掛けのポケットから写真を一枚取り出した。フィルムカメラで撮って暗室で現像した写真のようだった。博物館に展示されていてもおかしくないほど古くてずいぶん経っているその写真を私に見せようと、前もって用意しておいたようだった。

「女の子ですね」

写真の中の子どもをじっくり見ながら私が言った。おそらくポクヒが預かっていた子なのだろうが、私とナンバーワン似ていたと言うわりには、私たちは見た目からして全然似ていなかった。ポクヒはどんな目で私を見たのだろうか、私にはわからなかった。

「七歳ぐらいのときの写真だよ。もう大人になって仕事もして結婚もして……きっとそうなってるだろうよ」

「……」

「ところで、ベルギーでこんな感じの子を見たことないかい？　似てるような子でも、どう？」

写真を見るのをやめて私はゆっくりと顔をあげた。垂れた二重瞼の奥のポクヒのあの栗色の瞳が揺れていた。その瞬間、私は感知したのだろう、ポクヒと写真の中の子どもの間には、一時的な委託関係以上の物語があり、ポクヒはずいぶん長い歳月その子のことを思い続けてきたということを……。初めて見る顔だと答えてからも、私はつぶさにポクヒを見つめていて、私の視線を感じたのかポクヒは写真をしまうと思いがけない言葉で私を驚かせた。

「あたしが初めて取りあげた子」

「赤ちゃんを取りあげるんですか？」

「この子が生まれるときにさ、あたしが体を引っ張り出して、血から胎盤から拭いてやって、へその緒だって切ってあげたんだから」

「それじゃ、昔産婦人科でお仕事されてたってことですか？」

「助産婦ばかりしてたわけじゃないけど、似たようなことをしてたね、四十年近く、あちこちでね……」

はぐらかすと、ポクヒはうつむいて、もうそれ以上は何も口にしないまま、またククスを食べはじめた。生まれたときから面倒をみてきた子ならば、我が子同然のようなものじゃないだろうか、私は思った。我が子のように育てて養子に出すというのは、養子に出す予定の子をしばらく預かって育てたというのとは違った。一つは捨てることで、もう一つは守ることなのだから。それ以上、真実を知りたくはなかった。私はそういう話から逃げるために今までさんざんあがいてきたのだし、それに、今の私はウジュと一緒だった。

口の中が苦かった。私はククスを残したままこわばった顔で椅子から立ち上がって、ポクヒにうわのそらのまま挨拶して食堂を出た。背後でポクヒがまた来るように言ったが、返事はせずポクヒのほうを見ることもしなかった。とりあえず眠りたかった。深く眠れば、悪い記憶はまるごと透明なふるいにかけられて無意識の領域に流れていく気がしてならなかった。不思議だった。ポクヒと私は食堂の主人と客として出会い、二度しか会っていないのに、私はまるで古くからの知り合いにたった今、捨てられたように傷ついた心を抱えていた。片手でお腹を包み込むようにしたまま階段を上がっていると、もう私に残された隠れ家はソヨンの家しかないように思えて、だからなのか、そこにつながる階段が、この世界から抜け出すための通路のように思えた。**お前と私の避難所、鳥の巣のようなところ、誰も侵入したり壊したりできない……。**

6

機関士の家でムンジュとして暮らした一年が過ぎ、翌年の夏になると、私はまた名前のない子どもになって孤児院に送られた。新しいワンピースを着て、機関士の母親が心を込めて編んでくれたおさげで、胸には、何があっても幸せになりなさいという願いを抱いて……。長い旅路だった。ソウルから仁川まで、バスと地下鉄とまたバスを乗り継ぐ間、顔が真っ青になるほど車酔いして最後にバスから降りたときはとうとう道端にしゃがみこんで吐いてしまった。あのとき、私のそばでやさしく背中をさすってくれた機関士はどんな表情をしていたのか。

思い出せない。

「一九八〇年代後半までは孤児院の周りの道路は舗装されていなかったそうだから、バスから降りてずいぶん歩いたでしょうね」

向かいのソファで両手をきちんとそろえて私の話を聞いていたジェンマ修道女がそうつけ加

えた。たしかに言われてみると、当時は孤児院の周辺はバラックばかりでマンションや高いビルのようなものはまったくなかった。孤児院も今のような三階建ての建物ではなく一般住宅をリフォームしたものだったが、夜は子どもたちが手足を折り重ねて寝ないといけないくらい狭くて、プレイルームや図書室のような施設もなかった。現在、ナザレ孤児院には未就学児童七人が過ごしているという。孤児院自体は大きくなったが、子どもの数は五分の一に減ったことになる。

私よりも年下に見えるジェンマ修道女は二年前から、つまりベロニカ修道女がカトリック財団の運営する介護施設に住まいを移した後にナザレ孤児院の院長になったそうだ。介護施設は木浦（モッポ）という港町に位置しているというが、ベロニカ修道女はソヨンと私が思っていたよりずっと遠いところにいることになる。なにより私たちが直面した思いがけない不運は、介護施設の位置ではなく、ベロニカ修道女の病名がうつ病を伴う認知症だということだった。認知症患者が三十年以上前にフランスに養子縁組に出された孤児とその孤児を連れてきた臨時の保護者を覚えている可能性は低かった。ソヨンもそう思ったのか、ジェンマからベロニカの病名を聞いた瞬間、とまどいを隠せない様子だった。

ジェンマ修道女が私に見せるつもりで用意しておいたと、机から大きな書類ファイルを持ってきた。彼女が古い書類ファイルから取り出したのは、パク・エスダーという名前で身体測定値と入所現況が記録してある児童カードの原本と、やはりパク・エスダーの名で登録された孤児証明書と単独戸籍、そしてパク・ヨンヒが署名した入所同意書のコピーだった。どの書類にも機関士の情報はなかった。書類を一枚一枚見ている間、ムンジュだったとき私の姓が「チョン」だったということや、孤児院に来てからチョン・ムンジュからパク・エスダーに名前が変わったことを改めて思い出した。パク・エスダーと呼ばれていたのは二年ほどだった。チョン・ムンジュよりもパク・エスダーという名前で生きていた期間のほうが長かったのに、その名前にはなじみも執着も感じなかったのは、孤児院では私固有の経験というものがほとんどなかったからだろう。似たような名前たち、決められた日程表、ほかの孤児たちと同じように共有していた欠乏感や不安感、ベロニカ修道女をはじめとする何人かの大人たちの平均的でありながらも判で押したような愛情、そして時期がくれば海外に養子に出される子どもたちの空席がまたほかの子どもで埋められていくことが、なんでもないことのように繰り返される日々が、私の感覚を鈍くさせていたのだろう。

隣でソヨンが、私が見ている書類をメインカメラでクローズアップし、一歩離れたところでウンがまた別のカメラでジェンマ修道女と私をフルショットで撮った。今日は室内撮影だけの予定で、ウンはレフ版の代わりにサブカメラを借りてきたようだった。

ソユルは清涼里駅でのようにカメラに映りこまないよう距離を置いてテーブルのほうにマイクをむけていたが、それも室内用なのか、今回は長さおのようなものではなく、棒のついたショットガンのような形をしていた。

「パク・ヨンヒはベロニカ修道女の俗名なんです。彼女が籍のない孤児たちに聖書に出てくる聖人や偉人の名前をつけてあげていて、姓はみなパクにしたと言っていました。そうしてでも家族として迎えてあげたいと思ってらっしゃったんでしょう」

「……」

「そういう意味で……」

ジェンマ修道女が眼鏡を触りながら熟考するようにしばらく言葉を選んだ。

「そういう意味で、あなたをここに連れてきた機関士は、チョンさんに間違いないだろうと思ってるんです」

「……」

「その機関士がチョン・ムンジュという名前をつけてくれたんですよね？　彼は後になってあなたを連れ戻しにくるつもりだったんじゃないかと思うんです。迷子を見つけた人が一年も預かってくれるケースはほとんどありませんから」

「……」

私は一言も口にできなかった。何一つ判断できなかった。沈黙が長引くとソヨンがカメラを一瞬下ろしてから、私の代わりにジェンマ修道女に尋ねた。

「あの、当時ベロニカ修道女と一緒に働いていた人の中に、その機関士のお名前や住所を覚えているような方はいないでしょうか？」

「もう一人修道女がいたと聞いていますが、その方はもうずいぶん前に聖職から離れていて、私はお顔も存じ上げないんです。連絡先も知りませんし。それよりまず警察に行ってみるのはどうですか？　いくら善意で預かっていたとはいえ、警察署には届け出を出さないとならないですから。たぶん届け出のようなものを書いたときの本人の情報や名前が残っているはずですよ」

ジェンマ修道女の話を聞いたソヨンは、かすかに首をかしげた。見過ごしたものを点検するような真剣な顔で床を見下ろしていたソヨンは、手でサインを送ってくるソユルを見てから、またカメラを肩の上に乗せると、慣れた様子で私のほうにアングルを合わせた。孤児院のシーンは唖然とした表情をしている私の顔がクローズアップされてゆっくりフェイドアウトしていくのだろうということが、その瞬間、私にはわかっていた。

＊＊＊

ソヨンがソユルとウンをつれて、映画の背景シーンに使えるような孤児院の風景を撮影している間、私は院長室から出て建物の出口に続く廊下を歩いた。廊下とロビーの壁にはたくさんの額が所狭しと飾られていたが、ナザレ孤児院で過ごした子どもたちの写真だというのはすぐにわかった。階段からロビーに続く壁に見覚えのある顔を見つけた私は、自然と足を止めた。

フランスに行く直前に撮った写真のようだった。少し驚いたように目を見開いて口をちょっと開いた六歳か七歳ぐらいのパク・エスダーでありチョン・ムンジュ……。私は首が痛くなるくらい反らしたまま、いつまでもいつまでもその写真を見上げていた。

建物の外に出ると車が止めてあるコンクリートの地面が見えるだけで、当時四十人近くいた子どもたちがボール遊びをしたりゴムとびをしていた広場はなくなっていた。広場にはよくあるブランコ一つなかったが、代わりに土や砂がたくさんあって大きな木も何本かあり、いつも大きな日陰ができていた。その広場のどこかに私は手鏡を埋めていた。フランスに発つ日の早朝だった。飛行機に乗って雲の上でぐっすり眠ればフランスなのだと、二か月前に孤児院で一度会っただけの坊主頭の男と背の高い女が空港で待っているはずだと、ベロニカ修道女は順を追って説明してくれた。誰かが孤児院を発つ前日になるといつもそうしていたように、その日の夕食は小さなパーティーがあった。一緒に祈り、ケーキや肉料理のような特別メニューをみなで食べてから、出ていく子どもの頬に残された子どもたちが一人ずつキスをしてくれるパーティーだった。私はたくさんキスをされた頬を手の甲でさすりながら、いつもと同じ時間に寝床に入ったが、夜が明けるまでずっと起きていた。鳥の鳴き声が聞こえてくると、私が一番大事にしていた手鏡を持って広場に行った。しゃがみこんで、持ってきた手鏡をじっと見ていた。暗くて曇った私の生涯の一部が鏡の中に入っていた。少ししてから私は、できる限り深いところまで地面を掘って、手鏡を、いや手鏡の中の私の顔を地面に埋めた。ここに残って私と同じスピードで年を取っていくムンジュを想像できたのは、もしかしたらあのとき埋めた手鏡のせいだったのだろうか。

「ここにいらしたんですね」

ジェンマ修道女だった。どうしても伝えたいことがありそうな、焦った様子で彼女は私の後ろに立っていた。

「一つお願いがあるんです」

彼女が私に一歩近づいてきて言った。

「実は……」

「……」

「実はベロニカ修道女の容態があまりよくないんです。十年一緒にいた私のことももうわからないんですね。発病も突然でしたけど、進行がかなり早くてみな戸惑っています」

「その方は突然記憶を失ったのですか？」

「それが……」

困った表情で言葉につまったジェンマ修道女がそっと周囲を見回した。その騒ぎが起こる前までは誰もベロニカ修道女の病に気づけなかったんです、という言葉に続く彼女の声は一段と低くなった。今まで一度も表に出たことのないその病症は、いつもと変わらない日の夜に爆発でもするようにあふれ出した。その日ベロニカは部屋の中のあらゆる聖物を壊し、割って、その破片を一つとって自分の腕や太ももを切りつけた。

主よ！　ジェンマ修道女が話している間、私の耳元にはリサの叫びが何度か波動を起こした。アンリのがんが再発し全身に転移していると医師から伝えられたとき、酒に酔って帰宅したリサはクローゼットや冷蔵庫、バスルームの扉を順番に開け放ち、その中に向かって喉を切り裂かんばかりに叫んだ。あなたは、犬畜生なのですか、主よ！

アンリは病院にいたのでその場面を目にしたのは私一人だった。必要なこと以外は声を出すことがほとんどない、どこにいても猫背でいることの多いリサが、あの日ほど狂暴な姿を見せたことはなかった。ムンジュとナナみたい、久しぶりにそのシーンの中のリサを思い出して、私は思った。巧妙に隠されていたのにある瞬間、日常を突き破って飛び出したベロニカとリサのあの孤独な奮闘が、私には一人の人の体から出る二つの像のように似て見えた。無力な傍観者でしかない神の前では、むなしい脅威と化してしまう苦しみの痕跡たち……。

それでもリサがベロニカとは違って、極限までいかなかったのはアンリのおかげだったはずだ。百九十センチ近い長身にゆるやかな曲線など見当たらない全身のシルエット、太い骨格とかすれた声。人々はリサを小人国に投げ込まれた巨人扱いしたが、アンリは肩の上の小さな鳥を扱うようにリサに接した。いつだってリサの様子をつぶさに観察し、リサに触れる手先はどこまでもやさしかった。リサはその記憶があるからアンリの不在に耐えられたし、そして日常に戻って落ち着くことができたと私は信じている。

「お願いしたいのは、ですから……ベロニカ修道女のところには行かないほうがいいと思いまして。我が子同然に面倒をみてきた子どもたちにだけは、病気で弱った姿を見せたくないと思ってらっしゃるはずです。それは私が断言できます」

ジェンマ修道女にそのお願いを断る権利は私にはないようだと答えた。軽く頭を下げて戻っていくジェンマ修道女に思わず、ありがとうと言った。

「え？　何がですか？」

「私を救ってくれた機関士を、信じてくれて」

「あ……」

ジェンマ修道女は、私が何に感謝しているのか正確にはわかっていないようだったが、私はいちいち説明はしなかった。機関士が再び連れにくるだろうという彼女の推測が間違っていたことを知っているのは私一人で十分なのだから。その瞬間、この広場で手鏡を埋めるときに抱いていた感情から、もうこれ以上顔をそむけることはできないと私は悟った。あのとき、私の小さな胸の中には憎しみという感情がうごめいていた。とてつもない成功を収めて世界中で名の知られた人になったとしても、機関士だけは探さないと決心もした。いつか機関士が連れ戻しに来るはずだと、誰よりも深く信じていたのは、ほかでもない私だった。でも、彼は私がほかの国に発つその日まで、孤児院に電話一本よこさなかった。私の安否を、私がどこでどう暮らしているのかを、ひいては生きているのか死んでいるのかすら気にかけなかった。ここに私を預けてから、彼はただの一度も訪ねてこなかった。

＊＊＊

仁川から一時間以上地下鉄に乗ってソウルに着くと、ソヨンは映画のシークエンスを新しく作ってみるのだと言ってウンと一緒に合井のコーヒーショップへ行き、ソユルはいつものようにチケットのもぎりのアルバイトに向かった。私はバスに乗ってソヨンの家のそばまで行き、看板を一つひとつじっくり見ながら歩いた。スマホのグーグルマップによれば、緑莎坪駅の近くには三つの産婦人科病院があった。そのうちの一つで私はフランスに戻るまで診察を受ける予定だった。

初めて訪れた病院は消毒薬のにおいが強すぎて引き返したが、二つ目に立ち寄った病院ではすぐに受け付けをすませた。小さい病院ながらリビングルームのように居心地のよさそうな待合室が、まるで誰かの家に招かれたような気分にさせてくれたのだ。

いくつかの検査を終えると医師は、十六週目にさしかかったウジュの大きさが十・二センチで体重は百二十グラムを少し超えていると教えてくれた。全身はうずまきの形の産毛で覆われはじめていて性器と眉毛ができて、三、四時間に一度小便をするとのことだった。すぐに間脳ができるはずだから、そうなると私の感情がそのままウジュに伝わって、ウジュも私と同じ感情を感じるはずだという説明が続いた。

「フランスからいらっしゃったんですね。韓国に保護者はいませんか？」

私の患者用書類を見ながら医師が尋ねた。

「保護者は私です。ほかに保護者はいません」

私の返事に医師が複雑な表情になったが、幸い彼女はなにも尋ねることなく総合ビタミン剤を服用するようにと念を押すだけだった。診察室から出てくると超音波検査をするときに画面で見ていた映像が私の携帯電話に転送されていた。病院のスタッフが小さな手帳を渡してくれたのだが、出産まで妊婦の健康状態や体重の変化を記録するためのようだった。診療費を支払うために鞄から財布を出すとき、くしゃくしゃになった紙ナプキンが一枚出てきた。ナプキンに書かれた「銀」をじっと見つめている間、忘れていたデニスの手が、フィルムを巻き戻したシーンの被写体のようにゆっくりとよみがえり始めた。ナプキンを握っていた手の形だけでなく、しわの具合や筋の角度までだんだん鮮明になった。

どこだったのだろう。おそらく劇団のそばのパブだったはずだ。デニスは活動を始めたばかりの新人俳優だったが、私が劇作した演劇を観にきて知り合いの演出家に勧められて酒の席に同席することになった。彼は、達弁で特有のユーモアで劇団の人たちをなんども笑わせた。座中を圧倒する彼の話を上の空で聞いていて、テーブルの下のほうに視線をやった瞬間、血がにじむほど力いっぱいナプキンをにぎりしめていた彼の手を目にした。無理してるんだ、と思った。彼にとって手は身体の末端器官ではなく内面の姿を映しだす独立した物質のように見えてならなかった。彼と付き合うようになってからは、私は、彼の表情や口調よりも手の状態にもっと神経をとがらせた。ナプキンのような小さなものをぎゅっと握りしめているのは緊張感を、やたらと赤くなる瞬間は照れを、真っ青に近い蒼白のときは羞恥心を隠しているということを知っていった。最後に見た彼の手は、何も握っていなかったし、赤くなったり青白くなったりもしなかった。もう愛していないと言いながら、何の変化も見せなかった手、それははっきりとした別れのサインだった。でも別れてからも私たちはしょっちゅう顔を合わせなければならず、そんな中で、期待もせず、がっかりもせずに、ただなんとなく一緒に食事をする日もあった。彼が私を利用した自分勝手な人なのだとしたら、それは私も同じだ。私たちは自分のさびしさには正直だったが、だからといって、それを理由に相手に期待しすぎたりはしなかったし、私はそんな関係でよかったと思っていた。

韓国に来る数日前、つまり私がウジュの存在を知ってからも彼と会うことがあった。私たちの共通の知り合いの老俳優の引退公演だった。公演が終わってロビーに出ると私を探しているのか周りを見まわしているデニスの後ろ姿が見えた。立っている彼を遠目に見てから私は劇場の裏門のほうへ歩いていった。ウジュの存在を隠す気はなかったが、だからといってすすんでその存在を明かすつもりはなかった。家族を持たずに独身のまま生きていくという彼を選んだのは私だったし、愛情はすでに過ぎ去っていた。私が思うにデニスとウジュと私の関係は公平だった。デニスにはウジュへの責任はなく、ウジュはデニスの許可だとか同意なく私の家族になるはずで、私はどんなときもデニスを憎まないつもりだった。

ナプキンをもう一度鞄の中に入れた。

ソヨンの家に向かう道すがら薬局で総合ビタミン剤を、スーパーではさまざまな野菜と袋に入った米とライ麦パンを買った。通りに立ち上る夏の日差しに薄暗い墨色がしみ込んでいた。今になってお腹がすいてきた。両手にそれぞれビニール袋を持ち、こつこつと坂道を歩いて上ると、遠くに灯りのついたポクヒ食堂が見えた。

＊＊＊

ポクヒ食堂をそのまま通りすぎてくぐり門を開けると、後ろからポクヒの声が聞こえてきた。ポクヒは私にあった呼び名を見つけられないのか、三階、三階、とたて続けに呼んで手招きまでしてみせた。いそいそと彼女に近づけなかった。真実を知りたくないときは、その真実が口にされる場を避けるのが一番だと、私はいつもそう思ってきた。

「ちょっとでいいから、ほら」

疲れているから休みたいと言っても、ポクヒの口調はうむを言わせぬものがあった。もうどう言って断ればいいのかわからなく、やることがあるからとか、連絡を待っているからという嘘はつきたくはなかった。

　しかたなく来た道を戻ってポクヒ食堂の中に入ると、片隅のテーブルに水と箸とスプーン、おかずが用意してあるのが見えた。私が椅子に座るとポクヒは厨房に入っていき、すぐに香ばしい油のにおいがしてきた。少しして厨房から出てきたポクヒの手には皿が見えて、その皿を見た瞬間から私は開いた口を閉じることができなかった。皿にはあの料理、茶色に近いえんじ色をしたひらべったい餃子のような形をした料理がきれいに並んでいたのだ。

「これ、どうやって……」

　私が言い終わる前からポクヒは豪快に笑って、向かいの椅子に座った。

「どうやってもなにもないさ。説明を聞いてじっくり考えてみたら、すぐわかったんだよ。サプライズ、知ってるだろ？　サプライズだよ。でもこの名前知ってるかい？」

　やっと首を横にふってみると、ポクヒが私のほうに顔を近づけて、一音、一音ゆっくりと発音した。

「き・び・も・ち」

「き・び・も・ち？」

「そう、き・び・も・ち。きびっていう穀物。江原道（カンウォンド）っていう、こっから東のほうにずっといくと出てくるところで、山がたくさんあって土壌もよくないから米がうまく育たない。でもきびは土に関係なくすくすく育つからこういうのを作って食べたんだよ」

流暢に説明するポクヒは、彼女がきび餅をわかりやすく説明するために苦労したのがうかがえて、私は言葉なく見つめるしかなかった。きび餅、きび餅、心で繰り返して口に入れてみると、雨音と雨にぬれた木の香り、そしてムンジュ、と呼んでいた声が順に私の感覚の中に押し寄せてきた。静かに波打った。

「おいしいです」

うつむいたままつぶやくように私は言った。ポクヒはじっと私を見ているようだったが、すぐに椅子から立ち上がって焼酎を一本持ってきた。グラスに注いだ焼酎を三口ほど飲んだとき、ベルギーはどうかとポクヒは突然聞いてきた。

「暮らしやすい？　見た目が違っても、ほら血が混じってる人とかも差別はしないのかい？　ヨーロッパみたいなところは見た目の違う人も特別扱いしないで、人種もいろいろ混ざって暮らしてるじゃない、そうだろう？」

「ええ、そうです」

一部は嘘だった。異邦人にとって差別は避けられない生きるうえでの条件で、それに例外はなかった。その間にポクヒは焼酎をもう一口飲んで、気落ちした声でつづけた。

「生きてるうちに一度くらいは行けると思ってた。なのに七十も過ぎたってのに一度も行けなかったね、結局一度も……」

「あの写真の中の子、もしかして……」

捨てたんですか、見た目が違うから？　というその後の言葉は出てこなかった。幸いポクヒは私が飲み込んだ言葉は気にかけず、最後まで話すよう促しもしなかった。私がきび餅を食べ終えるまで、彼女はただ焼酎が半分ほど入った透明なグラスをじっと見下ろしているだけだった。グラスに映った蛍光灯の灯りが彼女の顔に照り返して、一瞬、一瞬、彼女が今よりもずっと若かったころに返ったようにも見えた。今もまるで昨日会ったようにはっきりと覚えている、彼女のたった一つの顔だ。

＊＊＊

皿を空にして箸を置くとポクヒが待っていたように、ガタッと音を立てて立ち上がり、厨房にあった残りのきび餅を発泡スチロールの容器につめて私の鞄の中に入れてくれた。私が店を出ようとする前からポクヒは米とライ麦パンの入っているスーパーのビニール袋をさっと持ち上げ、先頭をきって扉のほうに歩いていった。荷物を持ってくれたポクヒを止めようとしたが、できなかった。ポクヒは知っていたからだ。ポクヒだけが、彼女だけが、ウジュの存在に気づいていたからだ。

「赤ちゃんができたら重たいものを持つもんじゃない」

食堂を出ながらポクヒはなだめるように言って、私は一瞬激しく揺れる自分の感情のひだを分析できなかった。**お前が受け取った一番最初の思いやり、そして私がずっと待ちつづけてきた、誰かがお前を温かく迎えてくれること……。**残りのビニール袋を手にして遅れてポクヒの後について食堂を出ながら、私は、彼女の言葉が自分の中にあれほどまでに強烈に刻まれる理由をゆっくりと悟った。

三階の玄関扉の前にビニール袋を下ろしたポクヒは、さっさと入るようにと手払いすると、また階段を下りていった。膝が悪いのか、欄干をつかみながら一段ずつ下りていくポクヒのかがんだ後ろ姿は見覚えのあるものだった。リサを思い出し、同時にまだリサにウジュの存在を知らせていないということが私の心を重くした。ソヨンの部屋に入るとすぐに携帯を取り出してリサの番号を押した。

電話がつながるとリサは具合が悪いのかとまず質問してきた。反射的に出た質問のようだった。アンリの死後、リサは身近な人からの突然の電話には今みたいに挨拶を省いて、まず先に具合が悪いのかと聞いてきたものだった。私はそうじゃないと、そうじゃないけれど赤ちゃんができたといっきに話してしまった。しばらく沈黙が流れた。携帯のむこうは大小さまざまな騒音でにぎやかだったが、リサの息づかいは一定で静かだった。

「まあ、なんて、ナナ」

少ししてリサがやや静かに言った。

「聞きたいことはいっぱいあるけど今はなんて言っていいか、いったい何から……。少し時間をくれる？　考えを整理してからまた電話してもいい？」

私たちはいつだって電話できると私は笑いながら答えた。通話を終えながらかわす挨拶は妙な感じがしたが、私はリサを理解した。いや、リサの暗闇を理解した。

そういう日だった。アンリが最初で最後にがん細胞を取り除く手術をした十年余り前のある日、リサは手術室の外の廊下で私に言った。思春期のころから長い間成長ホルモン抑制剤を服用してきたせいでアンリに会う前から不妊症だったと、それ以前は、愛されたことがなく、愛の行為に無知だったから、自分に何かが欠乏しているとは思わなかったが、アンリと知り合ってからひどく苦しむようになったと。アンリにもこんな話はしたことがない、そうつけ加えるリサの顔は寒そうで、私はだまって彼女を抱きしめた。あの日、私はリサを理解するこの世の最後の人になろうと決めた。アンリの友人たちはリサが何を考えているかわからないほど冷たくて、ときにもどかしいところがあると陰口をたたいていたもので、私もリサから温かい慰めの言葉をかけてもらった覚えがほとんどなく、むしろ心を閉ざしているような態度に傷つくことが多かったが、その決心は決して変わったり、消えたりはしないはずだった。リサは私のお母さんだから、私にはこんなにもはっきりした理由があったから。

二つのビニール袋を持って冷蔵庫の前まで歩いていった。よくやった。ポクヒからもらった発泡スチロールの容器とスーパーで買ってきた食料品を冷蔵庫に入れながら私はつぶやいた。アンリが生きていたら、私に言ってくれただろう言葉だった。額と眉の間、鼻先と唇の間、頬とあごの間に隠れていた小じわが一本残らず浮き出るような微笑みを浮かべた顔、私が好きだったあの表情で、彼は絶対にこう言ったはずだ。ナナ、僕をおじいさんにしてくれるなんて、ほんとうによくやった。

7

阿峴（アヒョン）は新村（シンチョン）と光化門の間に位置していて、ソヨンが働く合井のコーヒーショップや梨泰院からもそれほど遠くなかった。驚くことに、思った以上に近いところにその家があったのだ。阿峴にはウエディングショップが集まっているブロックがあって、そのブロックのむこうには不動産や家具屋、食堂が代わる代わる現れた。結婚して、家を探して、家具を買ってから食事をする通り、阿峴に向かって歩きながら、人生のある時期を広げてみたらこの通りになるのだろうと私は思った。

ソヨンの話によれば阿峴は最近、再開発で高級マンションエリアになった。それでも全地域が開発されたわけじゃないのか、地下鉄の駅を中心に左側には洗練された高層マンションが立ち並んでいたものの、右側には古い住宅や小さな商店がまだ残っていた。スマホのグーグルマップによればソヨンの教えてくれたゲストハウスは右側の奥、つまり開発がまだそれほど進んでいない側に位置していた。地図を見ながらいくつかの路地を過ぎて目的地のほうに近づくと、引っ越しセンターのトラックが止まっているのが見えた。グリーンのベストを重ね着した男が二人、大小さまざまな荷物をそのトラックに運びこんでいるところだった。私は立ち止まったまま歳月を思わせる手垢やスクラッチの跡がいくつもついたタンスや鏡台、冷蔵庫をいつまでも見つめていた。

「でも、あの家に機関士や彼の母親はもう住んでいません。先に私が行ってきたんですけど、若い夫婦が伝統家屋をリノベーションしてゲストハウスをやっていました。夫婦がその家を買う前は、引退した医師が住んでいたそうですから、機関士はもうずいぶん前にその家を出たみたいです」

今朝、ナザレ孤児院の撮影以来、五日ぶりに電話をかけてきたソヨンが、ついに機関士の家を見つけたといって住所と一緒に知らせてくれた。言われてみれば、一家族が数十年も同じ家で暮らす確率はそれほど高くないのかもしれない。ひどく震える手で機関士の家の住所を書き留めてからも、私の興奮はなかなか収まらなかった。

ソヨンとの通話を終えてインターネットのポータルサイトで阿峴を検索した。阿峴はずいぶん前はエゴゲと呼ばれていて、地名が漢字になるにつれて阿峴——阿峴は丘の阿に峠の峴を意味する漢字を組み合わせた単語だった——に変わったケースだという。かつての王国朝鮮では死体が出ると無条件に街を囲む城壁の外に送ったのだが、エゴゲ［子どもの峠の意］、つまり阿峴は主に子どもが埋められていた場所だという説明を私はゆっくり読んだ。子どもの墓が立ち並んでいた場所、私はソウルで一番悲しい意味を持つ行政区域で一年間ムンジュとして暮らしていたことになる。

引っ越しセンターのトラックはすぐに出発した。トラックが出発した後になって壁面に並んで置かれた木の椅子が二脚見えた。近づいて座ってみると脚のバランスが合わずがたがたする椅子だった。引っ越しの荷物に積まずに捨てられた理由がわかる気がした。椅子に座って見上げる空の電線は阿峴固有の模様のようで、その電線にかかっていた白いひらひらしている長い紐は私にしか見えない一つの標識みたいだった。その紐が指し示す場所に、ソヨンが教えてくれたゲストハウスがあったのだから……。

ソヨンは言った。清涼里駅のそばにある警察署三か所と派出所二か所すべてに行ってみたが、私が線路で発見された一九八三年の書類は残っていなかったと、当時は迷子の届け出が体系的に管理されていなかったし書類も電算化されていなかった時代で、照会のしようもなかったと、これ以上どうやってムンジュの痕跡を探せばいいのかわからず落胆していたところに、ジェンマ修道女から電話がかかってきた。

「ベロニカ修道女は、もしかして後になって子どもが親を探すこともあるし、逆に親が子の行方を尋ねるかもしれないと思って、個人的に手帳を作っていたそうなんです。介護施設に入る前にその手帳をジェンマ修道女に託していて、私たちが帰った後に改めてよく見てみたらチョン・ムンジュを連れてきた人の名前と住所があったそうなんです。ジェンマ修道女は、三十五年前にボールペンで書いた文字が読める程度に残っていたというのは小さな奇跡だって、言っていました」

それからジェンマの推定どおり、機関士はチョン氏で合っていた。チョン・ウシク、当時三十一歳。名前と年齢の隣には住所と、今は使われていない電話番号が書いてあるだけ、名前の漢字表記や住民登録番号は省略されていた。ソヨンはすぐに鉄道庁に電話をかけてチョン・ウシクという名前で連絡先を尋ねてみたが、機関士のリストに彼の名前はなく、仮にあったとしても個人情報は教えられないという返事だった。懸命に追いかけてきたものの、彼は相変わらず手の届きそうで届かない場所にいた。錨を下せないまま港の周りだけをぐるぐる回っている小舟の中から見つめた、とある都市の消えない夜の照明のように……。

＊＊＊

ゲストハウスを営む感じのいい若い夫婦が撮影を許可してくれた。撮影前に、私は二階建てに増築された伝統家屋の周りをぐるりと見てまわった。拡張した庭はさまざまな草花や背丈の低い木がきれいに手入れされていて、軒の下にはほんのりあんず色をした照明が一定の間隔でついていた。宿泊中の二人の外国人は外出するのか、踏み石に置かれた靴を履いたのだが、時間のトンネルを通過した小さな運動靴が私の目にははっきりと見えた。機関士と彼の母親は知らないだろうが、私はよく丸くしゃがみこんでほかの靴にまじっておいてある踏み石の上の自分の運動靴をじっと見つめていたものだった。そういうときは、甘くておいしいものをお腹いっぱい食べたみたいにどこからともなく力がわいてきたものだったが、あの心強さの別の名前は、おそらく所属意識のようなものだったはずだ。生まれて初めて意識した感情だった。

撮影は風通しのいい板の間でインタビュー形式で進められた。カメラの外でソヨンが用意してきた質問を投げるとカメラのアングルの中にいる私が答えるスタイルだった。マイクはいつものようにソユルが持っていて、ウンはソヨンの代わりにメインカメラを担当した。伝統家屋の外観や雰囲気の記憶、チョン・ウシク機関士にまつわる思い出、初めてムンジュと呼ばれた瞬間の感情のようなものをソヨンが尋ねて、私が一つひとつ答えた。

「チョン・ウシク機関士とまた会えたら、まず最初にどんな話をしたいですか？」

ソヨンの最後の質問だった。これにはすぐ答えられずにじっとカメラを見つめた。後になってソヨンが編集でカットする不自然な沈黙の部分になるはずだ。

「ありがとうございますと言うでしょうね、たぶん。でもそれじゃ足りません。どんなに言葉を尽くしても足りないと思います。でも……」

しばらくしてから私はまた話をつづけた。

「でも、どう言い表しても言い足りないその感謝の思いは、不完全な感謝の気持ちでもあるんです。彼を憎んだこともあります、ときには生母よりももっと」

「……それはなぜですか？」

「それはもうやっぱり……」

「……」

「もう一度捨てられたんですから」

「……」

ソヨンは私の最後の言葉に、それ以上もうなにも口にできなかった。ただ低い声でカット、と言った後にマイクを消してウンとソユルも物音ひとつ立てずに注意深く撮影機材を下ろした。撮影はそうやって終わった。

若い夫婦に挨拶をして振り返ると、湿った風が吹いてきた。にわか雨が降るかもとソヨンが言うとソユルとウンは撮影装備が濡れないように慌てて歩いていき、私もすぐに彼らの後に続いた。ゲストハウスの外に出た瞬間、ポクヒよりも年を取って見える老婆がその捨てられた椅子に座って首をゆらしてうとうとしているのが見えた。瞬きしている間に一つの生涯を生き切ってしまった未来の自分と向かい合ったかのように、一瞬けだるいわびしさがこみあげてきた。路地を通り抜けながら、何度も後ろを振り返ったが老婆はなかなか起きなかった。老婆が夢から目覚めたら、路地の家々はみな埃になっているのではないだろうかと思うと、その路地が現世の紋様のように感じられた。

＊＊＊

ソヨンが打ち合わせをしたいと言ってきたので、みなで忠武路に立ちよって撮影機材を返してから合井のコーヒーショップに場所を移した。コーヒーショップのもう一人のスタッフがパーテーションで仕切られた奥の席に案内してくれた。今日は食事の代わりにお酒をごちそうするというソヨンの宣言に、ソユルとウンは私に尋ねもしないですぐにビールを四本注文した。

みな次のシーンを心配していた。ムンジュの足跡をたどるルートがほかに見つからず、ここで映画を終わらせるには分量が足りなすぎて、企画の意図と合わなかった。いくつかの意見が出てきた。全国にいる六十代のチョン・ウシクを全員訪ねてみようとか、インターネットサイトに私の孤児院時代の写真と線路に捨てられていた事情をあげてみようというような無謀な意見……。夜が近づいてきてテーブルには少しずつ空いたビール瓶が並びはじめ、打ち合わせはいつしかなんとなく終わった。私をのぞいた三人は公平にビールを分けて飲んでいるのに酔ったのはソヨンだけのようだった。顔が上気したソヨンが私の隣にぴったりくっついて座ると、まったく減らない私のビールを指さして、もともと飲めないのかと聞いてきた。甘いビールの香りのするソヨンの吐息が気分よく顔の前に広がった。

「いえ、いつも飲みすぎるのが問題。今はただ我慢してるんです」

「どうしてですか？」

「ほんとのこと言ってもいいですか？」

「もちろん！」

「なぜかっていうと、私……」

「……」

「今、妊娠中なんです」

言った瞬間、ソヨンが椅子からがばっと立ち上がり、手で口を押さえたままトイレのほうに慌てて駆け込んでいき、ウンはそんなソヨンを追いかけていった。ソヨンとウンは私の言葉をほとんど聞かなかったはずだが、ソユルは違うはずだ。ソユルは何も聞こえなかったと言わんばかりに必死で私の視線を避けていたが、私は彼女が瞬間的にびっくりしたのをはっきり見ていた。わざとではなかったものの、結果的にソユルと秘密を共有したことになる。トイレから戻ってきたソヨンがまた質問してきたら、面倒なことになる気がして鞄をもって席を立った。ソユルが送ると言って私についてきたが、私は子どもじゃないのだからと遠慮して、一人でコーヒーショップを後にした。

ソヨンの家までタクシーに乗って向かう間、止んでいた雨がまた降り出した。大気の中のどこかに隠れていたボリューム装置が突然動き出したように、ザーッという音が大きくなって聞こえてきた。私は車窓の外をぼうっと眺めながら白い梨の花が屋根の上に落ちる驛院の厩舎を想像した。雨水がなみなみと満ちる合井の大きな井戸や、阿峴の濡れてゆく子どもたちの墓も想像した。そんな想像をしていると、ソウルが、見えるものの上に見えないものが重なった立体的な都市のように感じられた。見る角度によって風景の線や光の色が変わる、子どものころにアンリがプレゼントしてくれたウォーターボールの中の都市にいるような気分になった。

タクシーから降りたときは夜十一時を回っていたのに、ポクヒ食堂はまだ明かりがついていた。久しぶりに客の姿も見えた。ポクヒと初老の男性客がそれぞれ別々のテーブルに座って同じようにうつむいた姿勢で同じメーカーの焼酎を飲んでいたが、私の前には彼らがしきりでもって客室を分けた夜汽車の乗客のように見えた。傘を持ったままゆっくりと食堂のほうに歩いていった。しばらくの間、食堂の前でぼうっと立っていたが、その扉は開けられなかった。背を向けた。

二十七の階段を通ってこの世の最後の出口のような玄関を開けて、ソヨンの家に入った後はそのまま玄関扉にもたれかかった。玄関扉のむこうは決められたシナリオがあって、私のような異邦人が混ざったら決して完成しないセットのように思えてならない。そこでの私の役割はすでに昔、私がフランス国籍のナナとして生きることにしたときに消えてしまったのだろう。それもそのはず、扉の外の世界というのは、いつだって平らに広がった四角と決まっている場所だったのだから、本物のスクリーンのように。

鞄の中で携帯がけたたましく鳴っていた。携帯を取り出して通話ボタンを押すと、聞き慣れた声が聞こえてきた。その間にセンサー灯がついては消え、消えた後はもうつかなかった。スクリーンの外で私は、リサがじきに始めるであろう話を静かに待った。

8

「ナナ、僕は、人生最後の映画で、僕ら家族の起源（ルーツ）について撮りたいんだ」

　五十八回目の誕生日、誰かがバースデーケーキを持って現れる前、ベッドに斜めに横たわっていたアンリは私にそう言っていた。アンリが聞かせてくれるその映画の内容はアンリ・モレノーの遺言になるだろうと、私はわかっていた。夏だったはず。アンリは微笑みをたたえたまま話し続け、私はアンリの片手を持って彼の手のひらに顔を当てていた、まだ目も開かない子猫のように。

　ずいぶん昔の夏、三十一歳のアンリと三十三歳のリサは光でゆらめく世界にいた。道路の信号や警光灯までが彼らのために光を放っているように見えて、朝、目を覚ました瞬間、窓の隙間から差し込んでくる円錐形の日差しは彼らの愛を包み込む自然照明のようだった。彼らはその年の初春、サンミッシェルの通りにある書店で初めて出会った。その日、書店の地下ではアンリがカメラスタッフとして参加していた独立映画が上映されていて、中学校の数学教師だったリサは、その映画を観にきた十一人の観客のうちの一人だった。

リサと一緒にニースに旅行に行き、ずいぶん前に映画共同体のメンバーだった同僚と遭遇する前まで、アンリはその光の世界こそが愛だと信じていた。

同僚はアンリと同い年で、彼が書いて見せてくれたシナリオはアンリの以前のシナリオといくつかのシーンがダブっていて、アンリは彼と話をしていても心がおだやかなことはなかった。彼はある日、挨拶もなしに共同体から消え、映画制作会社にシナリオを売ったという知らせが耳に入ってきたかと思ったら、そのころには、世間の認める長編映画でデビューもしていた。船着き場の向かい側から歩いてくる彼を見つけたアンリはそのまま凍りついてしまった。あちらもアンリに気がつくと笑いながら近づいてきて握手を求めた。アンリは彼にリサを紹介するつもりなどさらさらないようで、ただ新しく撮影に入る新作映画についてしゃべる彼をこわばった顔で見つめるだけだった。

彼が去ってからやっと、アンリはリサがそばにいたことに気がついた。つなぎあった手はすでに離れていた。世界は暗転したように突然真っ暗になり、アンリは自分の裸体を最初に認知した太始の人間のようにリサをまっすぐ見つめられなかった。

宿所に帰ってきてからも沈黙は続いた。リサが先に沈黙を破った。私のことが恥ずかしいなら別れたいというリサの言葉にアンリは、たのむよ、リサ、と切実な声でつぶやいた。一瞬、あなたのことを恥ずかしいと思ったから、今はものすごく混乱しているけれど、あなたを恥ずかしいと思う自分のほうがずっと恥ずかしいということだけははっきりしていると、この恥ずかしさが本心なら、僕はまだ、君を愛していると、アンリは背を見せたまま立っていたリサに告白した。リサはアンリの言葉を疑わなかったのだろう。もしかしたら、ただの一度も疑ったことなどないのかもしれない。ゆっくりと振り返ったリサはアンリに、子どもがほしいと初めて伝えた。リサが不妊であることをすでに知っていたアンリは、そんなリサを静かに見つめるしかできなかった。光があった場所には暗闇があっという間にしみ込んできていたが、暗闇までをも愛そうとするその心からの願いがいかに切実か、リサの涙を見てアンリは悟った。その日の夜、彼らは二つのことを決めた。養子を迎えることと養子の名前、ナナ。ナナは彼らが初めてデートした日にパリの外郭の歴史のある古い劇場で一緒に観た、ゴダール作品の主人公の名前だった。

＊＊＊

「ナナ、あなたはそうやって私たちのところに来たの」

一人の人の強烈な願いが抑えきれない嫉妬に直面し、それによって二人の関係がターニングポイントを迎えた地点で、最後に町はずれの劇場で上映されたモノクロ映画を通過し、私はこの人生にやってきたのだ。アンリから聞いていた私たち家族の起源(ルーツ)をリサが再び語ってくれると、当時の病室でアンリが見せた表情、その満足そうな口調、話し終えてから私を見つめていた涙ぐんだまなざしがありありと思い出された。

携帯電話ごしにリサがまた言った。

「あなたはたくさんの偶然を経て、ほとんど奇跡に近い確率で私とアンリに出会ったの、わかる？」

「……」

「新しい生命があなたにとって大切なように、あなたもアンリと私にとっては大切な存在。今は何よりもまず自分を大切にしなくちゃだめ。あまりがまんばかりしないようにして、ナナ……」

「……」

「ナナ、アンリと私は、あなたが自分のしたいことを我慢ばかりしようとするから、いつも胸が痛かったのよ」

「……」

リサの声は耳元で聞いていて心地よく、私たちの間の距離なんて感じなくなるほどだった。標準時基準のフランスと韓国の時差が一瞬でゼロになってしまって、リサが私のお母さんとして生きてきた三十五年の歳月は、薄い板一枚に圧縮され、一瞬一瞬がまるで昨日のことのように感じられもした。リサは本心を語ったのだから、今度は私がウジュについて話す番だった。まずウジュという名前とその意味、そしてウジュが私のところへきた時点と、この世に出てこようとしている日にち、韓国に来た理由まで、私は少しずつ説明した。リサはフランスに帰ってきたらモンペリエで出産するようにと、自分がそばにいるからと言ってくれた。

通話を終えてから、リサがウジュの生物学的な父親について一切聞いてこなかったことに気がついた。五日前に私が電話をした日から、彼女は私を勇気づけるのが先だと、言いたいことと言わなくてもいいことを整理したのだろう。

センサー灯がまたついてから消えた。端役を転々としていたころ、主人公のそばを通り過ぎる役を演じて舞台から下りると一人でメイクを落としていた日々が思い出された。アンリが最後まで自分の映画一本劇場にかけてもらえずに死ぬのなら、そのメイク室は私の父親の人生を隠喩する空間になるだろう、あのときの私はそう思っていた。私はアンリの臨終に立ち会えなかった。アンリがリサと一緒にいることを望んだからだった。五十八回目の誕生日の翌日に退院したアンリは、リサと一緒にモンペリエに戻り、そこでひと月過ごして亡くなった。

アンリが死んだ。

アンリが死に、それは私とリサの両方にとって人生の幕が一つ下りたことを意味した。私たちは彼の死以前には戻れなかった。私は演劇俳優としての活動を保留したまま、本格的に劇作をはじめ、リサは学校に退職願を出してからアンリの故郷であり最後の旅先だったモンペリエを安住の地に選んだ。モンペリエで彼女は数学教師ではなく図書館の掃除スタッフとして働き、この五年間、一度もモンペリエから出なかった。欠勤や遅刻もせずにまじめに出勤し、退勤すると行きつけの食堂――若いころのアンリが給仕として働いていたベトナム食堂だった――で夕食をとってから帰宅する単調な日常の連続だったが、人生で今がいちばん安らかだと、いつだったかリサが言ったことがあった。パリで私は、彼女がほとんど毎日立ち寄るというそのベトナム食堂をときどき頭の中で描いてみたものだった。赤い灯火のついた、スパイスの香りが周辺にまで漂っている道の突き当たりの食堂、体格のいいさびしい女が入ってやっと完成する組み立て品のような空間、そこに座って食事をしている間はどこであろうと彼女を連れていくことのできる世界の小さなかけら。ウジュが生まれたら、私もその食堂で夕食を食べたりするのだろう。モンペリエに来るようにと言うリサの口調は淡々としていたが、私にとっては計り知れないほどの安堵感をもたらした。

一人じゃないのだという安堵感だった。

9

「明日、現役の機関士に会いにいくんです。大学時代の友人のお兄さんなんですけど、去年から鉄道庁の機関士として働いているらしくて。内部の住所録のようなものがあるはずだから、きっとチョン・ウシク機関士の住所や電話番号を手に入れられると思います」

L字型のカウンターに座るとすぐにソヨンが言った。いまだに機関士は錨を下ろせない小舟から見つめる都市の照明のようにぼんやりと遠く感じられたが、私はソヨンを見上げて、いい機会だとあいづちを打った。なんとかして機関士を追跡して映画を完成させようとするソヨンはアンリを思い出させたし、私はそんな情熱は誰にでも与えられるものではないことを誰よりもよくわかっていた。

ちょうどお昼どきで、ソヨンがカウンターの向こうにある冷蔵庫とガスレンジを行き来してできあいのトマトソースにマッシュルームを入れたパスタを作ってくれた。トマトソースはいかにも市販のソースの味がして、マッシュルームは半生で固かったが、私はすぐに皿を平らげた。ソヨンは自分の料理をこんなにおいしそうに食べてくれた人はいなかったと、てらいも恐れもなく笑った。二日前の夜、ソヨンが私の告白を聞き逃したのは確かだった。ソヨンにその話をまたしようとしてやめた。私たちの誰もが、一人の女の妊娠と出産によってこうして存在しているのだし、誰にもウジュの存在を隠す理由はないと思ったが、ソヨンに私のことを気遣うようになってほしくなかった。

今日はソヨンの仕事が夜まで入っていたので、私は一人でコーヒーショップを出た。七月の末になってソウルは夏の盛りに場を移し、連日最高気温を記録した。太陽の熱気は直線で降り注いでいたが、木々の葉は絶頂に達したかのように濃い緑に波打っていた。散歩をするような気温と湿度ではなかったから私は地下鉄の駅のほうへ足早に歩いていった。

ソヨンの家のそばの果物屋を通り過ぎると、ピンク色をした熟れた桃が見えた。ポクヒのことを思い出した。昨日も、昨日の昨日も、ポクヒ食堂の扉は閉ざされていてポクヒに会えなかった。私にとってポクヒ食堂はポクヒの世界につづく唯一の通路なので、その扉が閉ざされているというのは関係が閉ざされているという意味でもあった。とはいえ、私はそれが閉ざされたからといって残念がってはならない人でもあった。ポクヒのおかげであんなにも望んでいたきび餅を食べられたのに、あの日以降、私はポクヒ食堂に行かず食堂の近くになると彼女の目につかないようになるべく小さくなって歩いていた。ポクヒがまたあの写真を見せながらあれこれ話しかけてきたら、写真の中の子どもの過去が語られるのだろうし、私はそんな類いの話ならば、やはり知りたくなかった。

いつのまにかポクヒ食堂のへこんだ看板が視野に入ってきた。もう少し歩いていくと、開かれた扉とその扉を囲む何人かの人が見えたが、そのときから救急車のサイレンの音がけたたましく聞こえてきた。はじめはスローモーションの画面のように信じられないほどゆっくりと、でも少しずつ速く、その後はもう必死に、私は走りはじめた。そんなことをしても意味がないのはわかっていた。ポクヒ食堂の前に止まっていた救急車は、私が着く前に再びけたたましい音を立てながら大通りのほうに走っていったのだ。私はその場に立ち尽くしたままポクヒ、ポクヒ、と繰り返しつぶやいた。

＊＊＊

ポクヒが担ぎ込まれた総合病院を教えてくれたのは、ポクヒ食堂に野菜を卸している市場の商人だった。彼女は延滞している代金を受け取りにきて、倒れていたポクヒを見つけた通報者だった。

「電話は出ないし、扉を叩いても気配がないし、嫌な予感がしたの。鍵の修理工を呼んで扉を開けて入ってみると、案の定、おばあさんが厨房の横の部屋で倒れていたもんだから。すぐに救急車を呼んだのよ」

ひと息にまくし立ててから彼女は、こんなところでぼけっとしてないで早く病院に行って受け付けをするよう私を急き立てるようにして言った。彼女は半分魂が抜けたような表情でポクヒ食堂に向かって走ってきた私を見て、ポクヒの娘か姪っ子かなにかだと思ったようだ。私はポクヒの家族ではなく、ポクヒ食堂の客にすぎないと伝えると、彼女の顔が一瞬にして暗くなった。

「じゃあどうしよう、保護者がいないと手術どころか入院もできないのに……。おばあさんの家族のことは知りません?」

私が知らないと答えると、彼女は長いため息をついてから、どうしよう、支払いはどうしよう、と繰り返しながら散らばる人々の中にまじって帰っていった。人々が皆いなくなると、ポクヒ食堂の前は急に静かになった。私はテーブルと椅子がばらばらに散らかっている食堂の中をしばらくの間のぞき込むと、来た道を戻ってタクシーを捕まえた。

タクシーから降りるとまっすぐ病院の救急室に向かうことは向かったが、入り口は混み合っていて外部の人の出入りは制限されていた。しばらくうろうろしていたが、面会の受付が見えた。受付の職員にたったいま梨泰院から救急車で運び込まれた七十歳ぐらいの患者を探していると、姓はわからないが名前はポクヒだと告げると、すぐにポクヒという患者はいないという返事が返ってきた。職員の話によれば、私が説明したその老人の患者はポクヒではなくチュ・

ヨンヒだった。

「チュ・ヨンヒですか？」

「はい、チュ・ヨンヒさんです。ところでチュ・ヨンヒさんとはどういうご関係ですか？」

一瞬言葉に詰まった。ポクヒ、いや、チュ・ヨンヒにとって私は誰だったのか。私はなぜここまで一走りで駆けつけてきたのだろうか。救急室の受付で重要なことは、そういう疑問ではなく、患者との事実関係だったはずだ。私は嘘をつくことにした。

「ポクヒ、いやチュ・ヨンヒとは同じ建物で暮らしているのですが、地方にいる保護者からどういう状態なのか見てきてほしいと頼まれたんです。面会できますでしょうか？」

「保護者の方に頼まれていらしたんですか？」

聞き返しながら職員は書類を探した。職員の表情がすぐに複雑になった。ポクヒの保護者とはまだ連絡がついていないだろうし、職員は保護者の代理人でもいいからまずは接触しておかないと支払いがスムーズにいかないと判断したのだった。思ったとおり、しばらくして職員は書類を一枚差し出して、なるべく早いうちに保護者を連れてくるようにと念を押した。

書類にサインをしてから救急室の中に入ると、薬品の鼻につくにおいとさまざまな医療機器の機械音、痛みを訴える患者たちのうめきごえに圧倒されそうだった。ポクヒ――正式にはチュ・ヨンヒだといっても私にとっては今も変わらずポクヒだった――は救急室の一番奥のベッドに人工呼吸器をつけたまままっすぐ横になっていて、ベッドにかかっているチャートには患者名と一緒に「stroke」、つまり脳卒中と書いてあった。ポクヒの顔をまじまじとのぞいてみた。いくら見てもポクヒは頭の中の血管が破裂したのではなくただ深く眠っているように、どこまでも安らかに見えた。私はポクヒの丸まってめくれているＴシャツを引き下ろしてから、ベッドの下に転がっていたプラスチックのスリッパをまっすぐそろえた。ポクヒのためにもっと何かしたかったが、患者用のベッドのほかには何もないところで、私ができることはそれ以上なかった。私にポクヒのそばにずっといる資格もなかった。客観的に私は、ポクヒ食堂でたったの三回食事をしただけの客にすぎなかった。彼女の名前すら知らない、彼女の人生にただ通り過ぎるだけの配役……。

病院を出て地下鉄の駅まで歩く間、本当のポクヒは誰なのか考えてみた。写真の子どもの顔がふと思い浮かんだ。写真の外で私ぐらいの年齢になったはずの彼女が、ラッキーな本当のポクヒだとしても、彼女は韓国で呼ばれていたその名前を忘れているかもしれない。韓国でポクヒという名前で食堂を開き、自分の写真をことあるごとにじっと見つめている誰かがいるということもやはり彼女はまったく知らないだろうとも思った。そんなことを考えて結局は、脳卒中という病名と保護者がいなければ手術も受けられないという市場の商人の言葉が入れ替わり立ち替わり私の心を落ち着かなくさせて、歩みは少しずつ重たくなった。

＊＊＊

ソヨンの家に帰ってきて夕飯を作って食べようと冷蔵庫から食材を取りだすと、冷凍スペースに入っていた発泡スチロールの容器が目に入った。中のきび餅を皿にうつして電子レンジで温めてからリビングに持っていってテーブルの前に座った。きび餅を一つずつつまんで食べるたびにポクヒの表情と口調が少しずつよりリアルによみがえった。私の前におかずをさっと押してくれて、けだるそうにテレビを見上げて焼酎を飲み、自分よりも貧しい老婆に煙草とおかずを分けてあげていた、元気に暮らして働いていたポクヒが……。

最後の六つ目のきび餅をできるだけ長い間噛んでいて、それさえも喉の奥で飲み込むと立ち上がりまた玄関を出た。一階に降りていってポクヒ食堂のガラス扉を引っ張ってみると力をいれた分だけ隙間ができた。予想していなかった状況に驚いたが、鍵の修理工が扉を開けて閉めていくのを忘れたようだった。食堂の家主が現れて処置をとるまで、扉はずっと開いたままになるところだった。

食堂の中に入ると、よどんだ空気からなじみのあるにおいがしてきた。さまざまな器、そして包丁におたま、鍋といった調理道具にしみついたポクヒの体臭だと私は思った。そのまま厨房のほうへ歩いていった。厨房の入り口には別途扉はなかったが、厨房の奥の冷蔵庫の隣にはすりガラスでできた引き戸がついていた。厨房の横の部屋で倒れているポクヒを見つけたと、市場の商人ははっきりそう言った。彼女の言うとおりならば、ポクヒの生活空間はあの引き戸のむこうにあるのだろう。実際にその扉を開けると部屋とトイレが向かいあった狭い通路が出てきた。ポクヒについて知らなかったことが一つまた増えたことになる。私はポクヒが食堂の奥で生活していたとは想像もできなかったのだから。

靴を脱いで部屋に入った。蛍光灯は電源スイッチを押しても何度かチカチカした後に消えてしまったが、その代わり低い棚の上のスタンドはすぐについた。淡いオレンジ色が部屋全体に広がるとビニールカバー付ハンガーラックとプラスチックの収納ボックス、釘にかかったみすぼらしい服に片方の羽根が壊れた扇風機といったものが一瞬にして目に入ってきた。スタンドの横には重たげな容器に入った化粧水や乳液、ふたのないリップスティックや手垢がいっぱいついた鏡、充電器につながれている折りたたみ式の携帯電話が順に置かれていた。部屋の中をゆっくり見回していた視線がある瞬間、一か所で止まった。

布団の上に広げられた家計簿だった。しゃがみこんで家計簿をのぞいてみた。分厚い家計簿は文字がぎっしり並んでいて、ポクヒが最後に記入したのは「ポクスン　命日」というメモと餅、緑豆粉、梨、りんごといった単語、そして殴り書きした数字だった。すぐに携帯の辞書で「命日」を打ってみた。命日とは人が死んだ日で死者と親しかった人たちがその死を記憶する日だと辞書には出ていたが、ポクスンという人はポクヒと親しくてこの時期に死んだのだろうと推測した。もちろん一番意味深長だったのは、ポクヒ（福禧）、ヨンヒ（延禧）、ポクスン（福順）の漢字が一文字ずつ重なるこの名前たちだった。もしかしたらこのパターンがポクヒのこれまでの人生を見通す手がかりになるだろうか。それもありえるかもしれないと思うとポクヒの人生が一つの大きな謎のように感じられた。謎、ひとりごちて私は布団の上に体を横たえた。布団からポクヒのまた別のにおいがした。それは、汗と涙の混じったにおいかもしれなかった。日が暮れたのに部屋の中の熱い空気は冷めることがなく、窓の外の虫たちは死力を尽くして鳴いていた。オレンジ色がにじんだ低い天井をじっと見上げていると、土に埋もれた地下の棺の中で時間とともに凝固していく魂の孤独が想像できた。日が昇れば消えるであろう、一筋の光の粒子に縮約された生を見下ろしている私の魂が……。そのせいだったのだろうか。

だから、あのころのことを思い出したのだろうか。

いつまでも死についてばかり考えていた日々があった。大学時代の、心理カウンセリングを受けた後だった。カウンセリング時間はわずか三十分にすぎなかったのに、その日以降、ほぼ三年間、私はただの一日もカウンセラーの言葉を忘れたことはなかった。カウンセラーの診断どおり、私が線路に捨てられる前に耐えがたい環境に放置されていたり、虐待されていたとするなら、私を作ったその最初の細胞は明らかに悲愴な状況から作りだされたものだろうという考えにさいなまれた。つまり、金銭のやりとりや暴力的な状況でただ生理的な行為でできた子、誰も歓迎しない、招待状のないこの世界にやってきた招かれざる客……。もしかしたらずっとそう思ってきたのかもしれなかった。カウンセリングは一種の起爆剤のようなものにすぎず、必死で見て見ぬふりをしてきた可能性を確信に導いただけなのかもしれず。

役者になったのはそんな考えから抜け出したかったからだった。演技をしている間だけは、ほかの人になって別の人生を生きられるというのが気に入った。いや、舞台こそ私に与えられた人生から逃げられる唯一の突破口だった。東洋人の役者が主人公になる確率はゼロに近く、演劇が終わるとまた現実が始まることはよくわかっていたが、舞台の時間すらなかったら、何一つ耐えられそうになかった。幸い歳月は誠実に流れ、私は死についてばかり考えていた時期から少しずつ遠のいていった。そう、信じた。信じていたが、相変わらず死というものが影のように忍び寄ってくる日もあって、たとえば今日みたいな日。その瞬間、ウジュにもうじき間脳ができて、そのうち私の感情をウジュも感じるようになると言った医師の言葉が思い浮かんだ。私はウジュの体の中にいかなる感情も流し込んだりはしないのだと、つま先まで力を入れた。自然とこぶしを握りしめていて、手の甲の骨が丸く浮き出ていた。そうやってぎゅっと力を入れた状態で立ち上がろうとしたのだが、突然お腹からぐるると音がして、かなり物理的な動きをお腹の中に感じた。予想していなかったジャブに驚いたボクサーのように、私はそのまま固まった。動きは一瞬だったかと思うと長くなり、いつのまにか少しずつ収まっていった。注意深く横になって弓のように体を内側に丸めたまま両腕でお腹を包み込んだ。体のすみずみを締めていたねじが一度にゆるむような感じだった。**生きているというお前の信号、世界にむ**

けたノック、私に一番必要な瞬間に、一番聞きたかった言葉をかけてくれる小さな体の言語。

初めての胎動だった。

10

エレベーターから下りるとチケット売り場の前に立って辺りを見回しているソユルが見えた。私が電話をかけたので迎えに出てきたのだろう。いつもユニセックスなスタイルの服を着こなしていたソユルが白いシャツにネクタイをして黒いスカートを合わせていたせいか、まるで初めて会う人みたいで慣れなかった。近づいていき、いつもと感じが違うと挨拶代わりに伝えると、ソユルは自分も劇場のユニフォームは着るたびに違和感があるのだと照れくさそうに笑った。

ソユルの仕事の邪魔はしたくなかったが、結局、邪魔することになってしまった。ソユルはすでに別のスタッフに仕事を頼んで三十分ほど時間をとってくれていた。私はソユルについて建物の屋上に上がった。屋上には庭園のようにきれいに整えられた休憩スペースが作ってあって、ソユルはよく立ち寄るのだと言った。ソユルと私は欄干のほうのベンチに並んで座り、このところの天気、私が今日観にきた映画についての世間の評価、ソユルはチケット売り場のアルバイトについてのんびりと話をした。しばらく沈黙が流れて、私は彼女に、生活費をつぎ込んでまで映画を撮ろうとする理由が知りたいと言った。いつだったかソヨンが映画を撮るときは、監督だけじゃなくスタッフもお金を集めなければならないと言っていたのを思い出したのだ。ソヨンとソユルは正式に就職する代わりにパートタイムで働きながら非商業的な映画を撮っていて、ウンは除隊後の進路を決められないまま悩んでいるところだから、彼らにとっては小さなお金も大きな負担になるはずだった。

「それは……」

ソユルは困ったように頭をかいたが、すぐに堂々とした表情で答えた。

「っていうのは、その……映画が終わってエンディングクレジットに名前が出てくる瞬間があるじゃないですか。あの瞬間が好きなんです。生きてるって感じがするっていうか。たとえお金は稼げなくても、稼げたとしてもどうせ映画を撮るのに使っちゃうんですけど、それですべて報われるっていうか。もちろん、いつまでこうやって暮らしていけるかはわからないんですけどね」

ソユルの言葉にポクヒ食堂の看板を思い出した。ポクヒにとって食堂は職場であり、同時に一生を通じてたどり着いた自分一人の住まいだった。労働と財産、時間のすべてを注ぎ込んだその食堂にポクヒという名前を刻んだことも、生きているという発信なのだろうか。ポクヒが生きているということを、私にとってはポクヒだが、正式にはチュ・ヨンヒとして彼女が生きているということを、店名そのものに自分の存在を託していたのだろうか。それで彼女の苦しい人生は報われたのだろうか。

「こちらに滞在していて大変じゃないですか？」

物思いにふけっていた私にソユルが尋ねた。おそらくソユルは私の体を心配してのことだろう。私はまったく大変じゃないし、すべてが穏やかだと答えた。韓国行きを決めたのは勢いもあったが、後悔はしていないと、誰かに助けてもらわなくてもこの時期をちゃんと乗り切って少なくとも九月にはフランスに帰って出産準備をするのだと、この際だから私のことを負担に思う必要はないのだと伝えたい気持ちもあって言葉を連ねた。ソユルはそんな私をじっと見つめると、気楽に考えてくださいと言った。監督とスタッフは、俳優を守る義務があるのだから、助けがいるときはいつでも言ってくれと、いや、そうしてもらわなければ困ると、今回もその特有のしっかりした表情で彼女は話をつづけた。

「私たちが気を遣うんじゃないかと逆に気を遣ってくれるのはわかりますけど、ソヨンさんもウン先輩も状況を知ったら私と同じことを言うはずです」

ソユルはそう確信していて、私も、本当は心の奥ではそんな風に言ってほしかったのだとゆっくりと認めた。じきに映画が始まる時間で、私たちは屋上から下りてきた。上映館に入る前、もとの位置に戻って人々のチケットを確認し案内するソユルの姿を遠くから見つめた。龍山の数ある劇場をよそに、わざわざここ鐘路(チョンノ)まできて映画を観ようとしたのは、実は客観的な視線をもった他人にポクヒの話をしたくてだった。ポクヒの残りの人生に介入するべきか、でなければその名前すら知らないでいた他人らしく、ポクヒに何が起きようと知らぬ存ぜぬでいるべきなのか、私は決めかねていた。韓国でつき合いのある友人といったらソヨンとソユル、ウンだけで、ソユルはソヨンよりも大人っぽくて、ウンよりは悩みを話しやすい感じがする。ソユルはわからないが、今日彼女の話は私に大切な事実を一つ思い起こさせてもくれた。そう、ポクヒが私の人生に介入した俳優ならば、私にもポクヒを守る義務があるということを。守る、それはアンリとリサ、そしてチョン・ウシク機関士が態度で、行動で私に示してくれたことだった。つまり、一つの生命を見捨てずに自分の人生に引き入れるというやり方……。

突然団体客がソユルのほうに押し寄せてきて、ソユルの手さばきがスピーディーになった。だまってソユルを見つめていたが、ふと思いついたことがあって鞄の中を探してみると、やはり一週間前に病院でもらった手帳が見つかった。手帳を広げた。空欄のままにしてあった胎児名の欄に、私はゆっくり「ソユル」と書いた。

ウジュは世界に出てくるまで小さな栗の木として存在することになる。胎児名が気に入ったのか、またお腹の中で動くのがわかった。初めての胎動を感じてからというもの、ウジュはそうやってときどき自分は生きていると知らせてくれたものだった。

＊＊＊

その間にポクヒは救急室からＩＣＵを経て一般病棟に移っていた。幸い私の顔を覚えていた受付の職員は、先日チュ・ヨンヒさんの保護者がやってきて入院手続きをすませたと教えてくれた。職員は私が保護者に連絡をしたおかげで支払いがなされたと思っているのか、初めて会ったときよりもおだやかな表情で入院している部屋を教えてくれた。職員に尋ねたいことはもっとあったし、なによりポクヒの状態が気になったが、受付デスクの前には次々と人がつめかけてきて、私はありがとうという言葉だけ残したまま、その場から離れなければならなかった。

病棟は救急室の向かいにあった。ポクヒの病室は十三階にある二人部屋だったが、いざ病室に入ってみると手前のベッドは空いていて、ポクヒだけが窓側のベッドに横になっていた。私はポクヒのベッドのほうに一歩一歩近づいていった。ポクヒの体には透明や不透明の管がいくつかついていて、そのうちの一つは尿パックとつながっていた。アンリもあんな姿で病室に横たわっていたことがあったから、見覚えがないわけじゃなかった。鼻と腕につながっていた管からはそれぞれ食事や薬が投与されてお腹の下の管からは尿が排出されているのもずいぶん前に学んでいた。自分の体に入ってきて自分の体から出ていくものがこんなにも一目で見えるものだから、ナナ、僕は入り口と出口が丸見えの円柱の単細胞生命体になったようだよ、と言いながら恥ずかしそうに笑っていたアンリの顔が、昨日のことのように鮮明に思い出された。

ちょうどポクヒの新しい患者服を持って病室に入ってきた看護師が、おおげさに私を歓迎して患者の家族かと尋ねた。家族ではないが親しい知人だとあいまいに答えると、看護師はすぐに残念そうな表情を見せた。表情が豊かであどけなさの残る看護師だった。

「チュ・ヨンヒさんはこれからどうなるんですか？」

いつのまにか看護師が隣でポクヒの患者服を着替えさせるのを手伝っていた私は、気がせいて聞かずにはいられなかった。

「手術しても目覚める確率は低いというのが担当の先生の所見だったんです。それにチュさんは延命治療を拒否する書類にもうサインもしてらっしゃいましたし。それだと心肺蘇生術も使えないんですね。人工呼吸器もご覧のとおりすでに外しましたし。この状態では一、二か月もつかどうか」

「じゃあ、一、二か月の間、誰がチュさんを看てくれるんですか？」

「それはこちらが聞きたいくらいです。チュさんのためには介護施設やホスピス病棟に移ったほうがいいと思うんですが、保護者は面倒くさいのか、病院にやってきた日以降は電話にも出ませんし」

「保護者ということは家族ですか？」

「直系の家族ではなくて、妹さんだと言ってましたけど」

看護師の話によれば、チュ・ヨンヒの妹——妹の名前はポクヒではないと言った——は入院手続きをすませるとすぐにナースセンターにやってきた。チュ・ヨンヒの死亡保険金で、支払った病院費用を返してもらわないとならないからちゃんと書類を準備してほしいと言い、看病は病院所属の共同看病人に一任すると言って慌ただしく病院を後にした。こういうとき病院側は一番困るのだと看護師は続けて言った。意識のない患者が保護者や常駐の看病人もいないまま一人で病室に放置されているため神経を使うのだと、誰かが病室にいて患者の呼吸の状態だけでもチェックしてくれたら、誰も知らないうちに患者が一人で臨終を迎えるようなことは避けられるのだと、今日初めて会った私に長々とため息まじりに打ち明けた。

看護師は抜け殻のような脱がされたポクヒの患者服を手に、すぐ病室を出ていった。ポクヒを見下ろした。ポクヒの呼吸を注意深くチェックしながら、死の前兆を読みとる仕事は単なるお見舞いや一時的な看護とは違った。それは、一つの生命がこの世からいなくなる過程を見守り、人々に知らせる役割を任されることを意味する。つまり、この世にやってくるウジュのための証人とは正反対の役割……。

不思議な気がした。ウジュを思うとおかしなことに、一瞬にしてためらう気持ちは消えて決心が固まった。私は一歩遅れて病室から飛び出して看護師を慌てて呼び止めた。私のほうを振り返る彼女に、私が時間があるときは病室に来てチュ・ヨンヒさんの状態を確認すると早口で告げた。急がないと今すぐにでも気持ちが揺らいでしまいそうで内心不安だったのかもしれない。看護師はそれを聞くと喜んで、患者に何かあればいつでも呼んでくれと言って立ち去った。

またポクヒのそばに行って乱れたベッドのシーツを整えていると、白純豆腐スープとトンチミククス、そしてきび餅が順番に思い浮かんだ。舌と胃腸と私の心のどこかを刺激して、包み込んでくれたあの味……。思い起こせば、ポクヒはいつも食べ物をくれた。これまで、彼女ほど私の口に入るものに関心を持ってくれた人もいなかった。ポクヒの料理はいつだっておいしかったし、ここが私の故郷で実家なんだと実感させてくれた。奇跡のようにポクヒが目を覚まして私にどうしてここにいるのかと聞いてきたら、その料理名を順に口にするつもりだった。**それだけでも、この人をそばで見守る十分な理由になるはずだと、なぜならお前を育てたのだから、その料理がお前の血と骨を作ってくれたのだから。**

＊＊＊

病院を出てソヨンの家に帰るバスの中で、上半身に抱っこシートをつけた私と同い年くらいの女を目にした。自然と彼女のほうに足が向かった。彼女の前に立って抱っこシートの中の眠っている赤ちゃんの丸い頭とふっくらした両頰を見下ろしているときに、ふと目が合った。彼女は五か月になるのだと、気軽に話しかけてきた。一年後のウジュを想像して私は笑ってしまったのだが、やわらかいまなざしで私の体をちらっと見つめた彼女が何週目かと尋ねてきたときていたもはびっくりしてしまった。薄手のTシャツの上にふっくらとお腹が出ているには出ていたもののの、よく見ないとわからない程度だった。十七週目に入ったと答えると、彼女は週数の割に目立たないほうだと心配そうにしていたが、その後すぐ、まるで私の姉妹かなにかのように、とにかくたくさん食べなさいと言い聞かせるようにして言った。

「重いものは持っちゃいけないですよね？」

彼女と同じように気軽に尋ねてみると、彼女はそんなのは基本中の基本だと言い返した。

バスはほどなくしてソヨンの家のそばのバス停に着き、私は彼女と赤ちゃんに挨拶をしてバスから降りた。上り坂にそってしばらくの間歩き、ソヨンの家に向かう路地にさしかかると、灯りの消えたポクヒ食堂から炊飯器を手にして出てくる見慣れた老婆が見えた。ポクヒが煙草やおかずをあげていたあの老婆だった。食堂の前の彼女のリヤカーには、すでに鍋やフライパン、さまざまな器が雑に積まれていた。主人が具合が悪い隙をねらってこっそり物を持っていこうとするのは、いくら友人と言っても明らかに犯罪だと思った。不快な気分で足早に近づくと、ふとポクヒにむかってポクヒ、と呼んでいた老婆の声が耳元によみがえってきた。ポクヒと呼ばれた瞬間、自然と立ち上がって老婆を出迎えていたポクヒの姿も続いて思い出した。

ポクヒはなぜヨンヒではなくポクヒと呼ばれていたのだろうか。彼女の周辺の人たちはみな彼女をポクヒだと思っているのではないだろうか。私が名前を尋ねたら、彼女は私にも自分はポクヒだと名乗っただろうか。知りたいと思ったがポクヒが目を覚まさない以上、答えのわからない問いだった。その間に、老婆はポクヒ食堂から出て、食器が一か所に積まれぶつかり合う音も徐々に遠のいていった。老婆についていって問いただす気も起きなかった。ポクヒに残された時間はわずか一、二か月程度で、ポクヒの妹は遺産をもらう資格はなさそうだった。長い間使った厨房用品は、遺産リストに入るとは思えなかった。

ポクヒ食堂に入って、慣れた手つきで厨房奥のすりガラスの扉を開けた。携帯電話の着信音はすりガラスの扉が開いた直後から聞こえはじめた。部屋でポクヒの携帯電話が休みなく鳴っていたが、勝手に電話に出るわけにもいかなかった。誰かと尋ねられたらどう答えるべきかもわからないし、ポクヒの状態を説明するのは疲れるだけだと思った。着信音を無視したまま部屋とトイレを行き来してポクヒの下着やタオルを鞄に入れて、歯ブラシや歯磨き粉やせっけんを用意した。下着やタオルが別途必要だとは思えなかったが、消耗品は最後まで消耗されないままなのだろうと思いつつ、私はポクヒに必要なものをもっともっと考えようと必死だった。いつのまにかいっぱいになった鞄をもって部屋を出ると、しばらく止まっていた着信音がまた鳴った。ぼうっと立ちつくしてポクヒの携帯電話を見下ろしながら、この時間にひっきりなしにポクヒを探している人が誰なのか、私はしばし考えた。

11

照明がすべて消えた病院の廊下で、ジュースの自動販売機は惑星のようにほのかに光を放っていた。ソヨンが自販機のほうに近づいていくと、その周辺に集まっていた光が絡み合ってコインの落ちる音がいつもよりも大きく聞こえた。しばらくしてソヨンはコーヒーの入った紙コップをもってきて私に差し出した。私は壁によりかかっていた体をまっすぐ起こしてから、咳を我慢して一口ずつコーヒーを飲んだ。久しぶりに飲むコーヒーだった。暗い廊下の向こう側にはソヨンと私のかわるがわるコーヒーを飲む音が波のように長く響き渡った。

ソヨンは、この五日の間にあったことを一つひとつ伝えてくれた。その話はソヨンが大学の友人のお兄さんを通して、定年退職した機関士たちの連絡先が多数含まれた内部の住所録を手に入れたところから始まった。

住所録を手に入れるまで焦れるほど待たされたが、いざ開いてみたその住所録にチョン・ウシクという名前はなかった。ソヨンは当惑したが、すぐに気持ちを切り替えて住所録の六十歳以上の機関士を一人一人推定して連絡を試みた。簡単なことではなかった。電話番号が変わっていたり、欠番になっているものも少なくなく、やっとつながったときには何と言えばいいのか言葉につまった。ひょっとしてチョン・ウシクさんという機関士をご存じですか？　一九八三年に清涼里駅の線路で発見された女の子について何か聞いたことはありませんか？　チョン・ムンジュという名前はどうですか？　ソヨンができることは撮影中の映画を簡単に紹介してから、前もって用意してきた質問を投げかけることだけだったが、返ってくるのは、ほとんどがはっきりしない不親切な返事ばかりだった。今はもう機関士じゃない人に、なぜそんなことを聞くのかと不快感を表す人もいたし、どうして番号がわかったのかと問いただす人もいた。電話を一件終えると強烈なサウンドの音楽を聴きながら心に残ったざわつきや気恥ずかしさを洗い流さないとならなかった。やめにしようか。そんな気持ちがふつふつとわいてくるたびに、ソヨンはこの映画のためにフランスから韓国までやってきた俳優を思った。恐れも知らず線路に降りてボール紙をさっと広げたあの俳優の断固とした表情とともに。ソヨンはどうしても諦められなかった。いや、諦めたくなかった。数十回目の電話の後、チョン・ウシク機関士をよく知っているという人と電話がつながった瞬間、すでに限界でへとへとになっていたソヨンは、おもわず歓声をあげるところだった。

彼の名前はチェ・チャンニョン、チョン・ウシク機関士とは先輩後輩の仲で長い間一緒に仕事をしたという。彼はチョン・ウシクが線路で子どもを救った日のことも覚えていた。新人機関士時代、だからおそらく一九八三年ごろに、チョン・ウシク機関士が悲しげに泣いていた女の子を駅の宿直室に連れてきたことがあったと、小さくてやせ細った子だったと、チョン・ウシクはまた汽車を運転しにいかねばならなかったためほかの機関士たちが泣いている子をなだめてやり、食べるものやおもちゃを買ってきたりもしたと、そんな日がたしかにあったと、彼は一つひとつ話していった。ソヨンは携帯を両手で包み込むようにして何度もありがとうございますと言いながら泣きそうになった。あの日のことを忘れていない携帯電話のむこうのチェ・チャンニョンさんへの感謝と同時に、ずっと昔に生命を救ってくれたチョン・ウシク機関士に伝えたい言葉でもあった。

「それじゃあ、チョン・ウシク機関士の連絡先はおわかりでしょうか?」

泣きそうになるのを落ち着かせてから、ソヨンは慎重に尋ねた。沈黙が流れた。胸が張り裂けそうだった。

＊＊＊

チョン・ウシク機関士は五年前に持病で亡くなったと、チェ・チャンニョンさんは言った。その話を聞いた瞬間、私は夏という季節を裏切る強烈な寒さを感じた。肩がいつのまにか内側にまるまり咳も出てきた。私の孤独を代わりに演じる仮想の俳優が必要だった。夏の盛りに徐々に凍りついていく想像の中の俳優に孤独感を投影しようとしたが、今回はそんなやりかたではとても転嫁できなかった。ときに習慣というのは思いどおりにはいかないものだ。私は壁に頭をもたれたまま現実をつきぬけて襲ってきた偽りの寒さがすぐにでも過ぎ去るのを待つだけだった。ソヨンが自販機のコーヒーを持ってきたのはそのときだった。

温かいものを飲んでも寒気はおさまらなかった。私の心の奥深くから出てきた寒さだからなのだろう。コーヒーを半分ほど飲むとやっとソヨンの心配そうな顔が見えた。チェ・チャンニョンさんからチョン・ウシク機関士の納骨堂の住所を聞いてきたと、私の準備ができたらいつでもそこに行けると、そのときは自分も一緒に行くとソヨンは言い、私はやっと笑った。少ししてからソヨンがまた言った。思いもよらない知らせに絶望したけれど、心配と期待の入り混じった気持ちでチェ・チャンニョンさんにこう聞かずにはいられなかったと……。

「チョン・ウシク機関士が線路で助けたその子にムンジュという名前をつけてあげたこと、ひょっとしてご存じですか？」

チェ・チャンニョンさんはかなり前のことだから名前まではっきりと憶えていないが、チョン・ウシク機関士が一年近くその子を預かっていたのは知っていると答えた。彼から、その子が大きくなる過程やほほえましいエピソードなどを聞いた時期があった。ほとんどは嬉しい気持ちで聞いていたものだったが、ときに複雑な思いになるのも事実だった。チェ・チャンニョンさんによれば、そのころチョン・ウシク機関士は結婚を約束した恋人――そして彼女はのちに彼の妻となる――がいた。三十一歳の婚期をずいぶん過ぎた男が縁もゆかりもない迷子を連れてきて預かるという状況は、彼の母親や将来の妻、そして妻の家族にとっては喜ばしいはずがなかった。チェ・チャンニョンさんもやはりチョン・ウシク機関士に、結婚式を挙げる前までは専門的な施設に子どもを預けるべきじゃないかと助言したことがあった。

チョン・ウシク機関士が結婚を控えていたことはまったく知らなかった。後になって気になった。どのみち、あのときの私は大人たちの計画を察して理解できるような年齢じゃなかった。後になって気になった。彼はジェンマ修道女の推定どおり、結婚して生活が落ち着いたら妻を説得して正式に私を養子に迎えようとしたのだろうか。いつか生まれる自分の子どもたちと私がわだかまりなく仲良くやっていける姿を想像しただろうか。そうかもしれない。チョン・ムンジュという名前自体が、彼のそんな思いを代弁している証拠といってもいいのだから。でも……。

あくまでも可能性にすぎなかった。彼は私の人生が映写されるスクリーンの外に消えてからは二度と登場したことがないのだし、それに五年前からは、この世界というスクリーンからも消え去ってしまったのだし、もう彼の本心を判別する根拠はどこにもなかった。

永遠に。

「ともかく、私はこのことだけは確信してるんです」

チェ・チャンニョンさんがことさら力強い声で話をつづけた。

「清涼里駅には、小さな子が行方不明になったという届け出がなかったことを確かめた後に、つまり両親が探していない子だと確認してからは、ウシク先輩がそれはもう慎重に孤児院を選んだということです。非番の日は警察署で指定されている孤児院だけじゃなく、噂を聞きつけた孤児院をそっと訪ねていって一人で調べたりもしていました。あの当時だって児童虐待をする無許可孤児院がたくさんあったんです。新聞にもかなり記事が出ていましたしね。そういういい加減な孤児院には預けられないと、先輩なりに必死になっていました」

その話に、ソヨンは少しほっとできた。

しばらくしてソヨンはチェ・チャンニョンさんに映画について改めて説明し、もしよかったらインタビューを撮影させてほしいと伝えた。チェ・チャンニョンさんは定年退職と同時に田舎に帰って果樹園をやっていて、仕事手が足りないために一日たりとも抜けられないと、自分の代わりにチョン・ウシク機関士の妻に会うほうが道理にもかなっているからと、連絡してみるように電話番号を教えてくれた。

チェ・チャンニョンさんとの通話を終えると、ソヨンは教えてもらったその番号にすぐに電話をかけた。チョン・ウシク機関士の妻はカメラの前に立つのは苦手だと遠回りに断ったが、ちょうど電話がつながったときに彼女の隣にいた長女が関心を見せて、撮影の約束をこぎつけた。明日の午前十時、ソヨンが働く合井のコーヒーショップでだった。

「あの、ほら、写真の折れた部分みたいな、開いてみたときにやっと全体のショットの大切な一部だったことがわかったときのような……。明日はそんな一日になるはずです」

長い話の終わりにソヨンがそう言ったとき、私は、できることはそれしかないとでも言うように、たて続けにうなずいた。

＊＊＊

ソヨンと私はすぐに椅子から立ち上がってエレベーターのほうへ並んで歩いていった。エレベーターの中でソヨンは、私からポクヒ食堂のおばあさんの病室に通っているという話を聞いて、ものすごく驚いたと言った。ポクヒとは長い間隣同士だったとはいえ、殺伐とした関係だったこともあり、ソヨンにとっては十分に驚くべきことだった。ソヨンにポクヒとの関係を手短に説明している間、エレベーターがロビーに到着した。

「私が思うに、三回しかその食堂で食事をしていないのなら、こんなに二日も続けて病室に行く必要はないと思いますよ。ときどきお見舞いに行けば十分じゃないかと……」

どうにも納得いかないという口調でソヨンは言った。私の行動を理解できないソヨンの気持ちはよくわかった。私もポクヒの状態をチェックしその呼吸に注意しながら病室を見守っているこの状況が、ときに信じられないこともあった。

「あ、そうだ、あのおばあさんの名前、ポクヒじゃないんですか？　病室に別の名前が書いてあったのを見たんですけど」

病院の出入り口の前でソヨンが首をかしげながら尋ねた。

「私もそのことがどうにも不思議なの。彼女の本名はチュ・ヨンヒなのに、どうして近所のおばあさんたちは彼女をポクヒと呼んでいたんでしょう？　それに食堂の名前もポクヒ食堂でしょう」

「もしかして娘の名前とか」

「娘？」

「韓国では屋号に本人や子どもの名前を使う人が多くて、私たちより上の世代だと、子どものいる女性をその子どもの名前で呼んだりもするんです。うちのお母さんも私が小さいころ隣近所の人にソヨンって呼ばれたりしてましたから。ソヨン、こっちにおいで、ソヨンどこいくの？みたいに」

「……！」

ソヨンはかなり動揺している私の心には気づいていないようで、淡々と説明するとロビーで一歩前を歩いていった
ソヨンが帰ってから、私は病院のロビーに置かれた大型テレビの前にしばらくの間座っていた。写真の中の子がまた思い浮かんだ。ポクヒはもしかしたら嘘をついたのだろうか。実の娘をベルギーに養子に出したことが恥ずかしくて、周囲の人たちには実の娘ではないと話してい

たのだろうか。もしそうなら、彼女の娘も私のように自分の意志とは関係なしに養子の手続きを踏んで、ベルトコンベアーの上の集荷物のようにぐるぐる回って養父母に選ばれたのだろうか。手がかりが一つ、あるにはあった。写真の中の子どもの姿……。韓国ではああいう見た目の韓国人は珍しく、社会にまざって生きていくのも大変だというのは私も知っていた。偏見と闘いながら子どもを育てる自信がなかったというのを言い訳に、養子縁組を決めることもありうる。

想像したくなかったが、想像のつくシーンだった。写真の中の子どもがベルギーのどこかの国際空港で恐怖におののきながら周囲を見回しているシーン、見知らぬ家で悪夢にうなされて目覚めるシーン、そして幸せに満ち足りた瞬間にも捨てられた人の不安と苦しみを思い起こすシーン。そんなシーンならばいくらでも並べられた。思えば、ポクヒは私とナンバーワン似ていたというその子に、ありがたくて申し訳ないと言っていた。私はその言葉の属性をよく知っている。ありがとうやごめんねという言葉は我が子を養子に出した親たちが口にするもっともありがちな弁明だ。

テレビからはニュースが流れていた。ニュースを伝えるアナウンサーの重低音の声が異国の言葉のように聞き慣れなくて、容赦なくあふれ出す専門用語は今日に限ってほとんど理解できなかった。もちろん、それはたしかに異国の言葉だった。私は明らかに異国にいた。実家だなんて、失笑がこぼれた。この国とこの国の人たちは私を捨てたし、私は人生の八割以上をフランスで暮らした。ポクヒみたいな人……。心の中で憎しみをぶつけるかのようにつぶやいた。ポクヒみたいな人、私の生母のような人、見守り育てる代わりに捨てて逃げてしまった、孤児院の院長のように、養子縁組機関の職員のように、手数料を受け取って売りはらってしまった人たちとなんら変わらない、みんな同じ、そんな人たちばかりで群がる、そんな場所なのに、どうして、どうして、どうして！

どうして来たの、どうして、ここに……。

体が自然と前に傾いた。前にかがんだままじっと床を見下ろして椅子からさっと立ち上がり、ふらつく足取りでロビー、エレベーター、廊下と、来た道を戻っていった。ポクヒの病室に着いてからは、がばっと扉を開けて、電気もつけずに窓側のベッドのほうへどしどし歩いていった。

「どうして捨てたんですか、ほんとうのポクヒのこと?」

尋ねる声が自分の耳にも冷たく聞こえたが、ポクヒは相変わらず深い眠りについた人のように安らかな寝息をたてているだけだった。彼女の肩を強くゆさぶったら、彼女がきょとんとした顔で目を覚まして私をじっと見上げるような気がしてならなかった。捨てたんじゃなくて、ちょっと預けて後でまた迎えにいくつもりだったけれど遅くなりすぎてしまったと、そう言ってくれと、目を覚ました彼女にもしかしたら私は半ば我を失った状態で絶叫するかもしれなかった。

私はすぐに鞄を持ち、誰かに追い出されるように病院から出てきた。今夜は優しい気持ちで病室にはいられないと思った。もしかしたら、もう抱くことのない優しさだった。

＊＊＊

病院からソヨンの家までひたすら歩いた。真昼の熱気がそのまま夜に流れこんできた空気は髪の毛一本揺らさなかったが、私は激しい暴風の中を歩くように何度もふらついた。三十分ほど歩き続けて気づいたらポクヒ食堂の前だった。ポクヒ食堂には灯りがついていて、扉の前には見覚えのあるリヤカーが止めてあった。老婆のリヤカーだった。食堂の中で老婆がテーブルを一つ独占したまま、まるでポクヒのように焼酎を飲んでいた。

食堂の扉を開けると、老婆は私のほうを見向きもせずに店はやってないから帰れとつぶやいた。私は老婆の言葉を無視したまま向かいの椅子に座り、老婆はやっと顔をあげて神経質そうに言葉をあびせた。

「どうしてそこに座るんだい？　店はやってないって言ったろう」

「おばあさんこそ、主人の許可もなくここでこんなふうにしてていいんですか？　この間はここから炊飯器やら器やら盗んでいくのも見ましたよ」

ポクヒ食堂の炊飯器や器といったものがどうなろうと関係なかったし、老婆とけんかするつもりもなかったが、私の声はとげとげしかった。

「盗む？　あたしが自分のものを持ってくのに何を盗むっていうんだい？」

「おばあさんのものなんですか？」

「ポクヒがあたしに言ったんだよ。自分にもしものことがあったら食堂の中にあるもの、皿から冷蔵庫から何からみんな持ってって売れって。あたしの言ってる意味がわかるかね？　ポクヒがあたしにここにあるものみんな譲ったってことだよ。ぜんぶあたしのなんだよ！」

「ポクヒですか？　この食堂のおばあさんがポクヒですって？　違う、ポクヒじゃなくてチュ・ヨンヒでしょ」

「なんだって？」

「ポクヒが誰なのか私に話してみません？　チュ・ヨンヒさんがベルギーに養子に出した娘、捨てて忘れて今になってその名前で食堂を開いて哀れな顔で待ってるふりをしていたってことじゃないですか、違います？」

　老婆は答える代わりにじっと私を見つめた。沈黙がとどまった虚空で老婆と私の視線が複雑にからみあった。しばらくすると、老婆は新しい焼酎のグラスを持ってきて私の前に一杯注いでくれた。

「ポクヒ、そう、だからこの食堂のばあさんポクヒが子どもを産んで養子に出したって言いたいのかい？」

　ひときわ穏やかになった声だった。

「どこでどんなたわごとを耳にしたのか知らないがね、ポクヒに子どもはいない。あたしが知る限りは」

老婆がすぐに続けて言った。確かかと尋ねると老婆は、まるで興味深いことを聞いたとでもいうように突如私のほうに上体をぐっと傾けてきて、「確かかって？」と聞き返した。

「確かかとはまた、法官かなにかみたいに聞くもんだ。そう、そういう話を聞いたよ。ポクヒが二十二歳だったか、三歳だかのときに嫁いですぐに娘を産んだのに一歳になる前に死んだって、それからは何をどうしたって子どもができなくて、夫と嫁ぎ先の家族から追い出されたって、でも、見てごらん……」

「……」

「どれもみんな五十年前の話さ。五十年もたったら自分がどんな人間と関わって何をしたかなんて覚えてやしない。はかないものさ、浴びるほど飲んで目覚めたら、すっかり年老いたばあになってたんだから。そんなだから二つに一つしかない、一つしか残らない。もっと飲んで夢から覚めるか、じゃなけりゃ二度と目覚めない眠りにつくか」

老婆は意外にも饒舌だった。老婆はどんな人なのだろう。いや、どんなふうに生きてきたのだろう。今さらながらに、老婆に好奇心が湧いた。

老婆はどんな名前で呼ばれてきたのか。

「子どもを……」

焼酎を続けざまに二杯空けた後、老婆はまた言った。

「子どもを育てたことはあったよ。よその人が産んだ子だったけどね。この話は三階も知ってるんだろう？」

「それじゃあそのよその人の名前が……ポクスンなんですか？」

「おい、三階、名前なんかにあたしが気を配ってる暇があるとでも？　名前なんてどうだっていい、犬だろうと仏だろうと、どうだっていい」

「……おばあさん、私のこと知ってますよね？」

「三階に住んでるんだろ。三階にいるから三階ってあたしは呼んでるんだし。そうだろ三階、違うのかい？」

「それから？　ほかには何を知ってるんですか？」

「ポクヒが変わったってこと。あたしは今まで老いぼれが食堂なんて開いて何する気だろうと思ってたよ。お客が来ようが来まいが我関せずで、稼いだ金だって忘れちまうんだから。でも三階が来てからあの人の顔に生気が戻った。あたしの目はごまかせないよ、この目は確かだ」

そう言いながら老婆は唇をひねって笑った。いや笑ったのだろう。笑い声がはっきりと聞こえたが、顔は怒っているようでもあり、体の痛みに耐えているようでもあった。深いしわとところどころ抜けた歯のせいでそう見えるのかもしれなかったし、あまりにも長い間笑っていなかったせいで顔の筋肉が固まってしまったのかもしれなかった。

ふいに、固く口をつぐんでしまった老婆は、どういうわけかしばらく目の前をじっと見つめていて、グラスに残った焼酎をまたいっきに飲み干し、椅子を後ろに押しながら立ち上がった。帰るという言葉もなく食堂を出ていく老婆に、どうして病院に行ってみないのかと尋ねた。

「どうせ誰が行ったって見分けがつかないのに行ったところでどうする」

「……」

「あたしは日銭を稼いで暮らしてる人間だよ。一日稼ぎがなかったら次の日は食べられない人生さ。死ぬことは可哀そうなことでもなんでもない。生きること、生きてるってことのほうが狂気の沙汰さ」

「……」

「あの人が死んだりしたら、知らせておくれよ」

「……」

最後に通告でもするようにそうつけ加えると、老婆は食堂から出ていった。老婆は幻滅して勝手に大きくなっていた私の誤解を一つ解いてはくれたが、ポクヒに関する話はそれ以上しなかった。おそらく、そうだったのだろう。ポクスンという名前を持ちだした瞬間、老婆の表情の奥がこわばるのを私ははっきりと見た。ポクヒとヨンヒとポクスン、その名前の後に繰り広げられる人生をもっとのぞいて見るためには老婆とまた会わなければならないと思った瞬間、老婆には名前もその意味も聞いていないことに気づいた。ミスン、ヒョンスク、チョンミ、ヨンオク、ジャヘ、クムスン、ナンヒ……。頭の中で老婆に似合いそうな名前を一つずつ並べながら、私はポクヒがそうしていたように、目の前の透明な焼酎グラスをじっと見下ろした。

背後からは今はそのメロディまで覚えた携帯電話の着信音が聞こえてきた。ゆっくりと後ろを振り返った。いつのまにか椅子から立ち上がって、すりガラスの扉を開けてポクヒの部屋に入った私は心の中で賭けをしていた。結果的には私がその賭けに負けた。ポクヒの携帯に手を出すまで着信音は止まらなかったのだ。

息を殺したまま、私は折りたたまれた携帯を開いた。

12

チョン・ウシク機関士はナザレ孤児院に私を預けた直後の一九八三年の冬に結婚し、二歳違いの娘と息子に恵まれた。幸せな家庭を築いたことになる。彼の母親、つまり私にきび餅の味を教えてくれた彼女は息子を亡くした喪失感に耐えられず、一昨年から故郷の江原道の寧越(ヨンウォル)に戻り、隠居に近い生活をしているという。寧越は「楽に越える」という意味で、高い山や流れの急な川が多い寧越の地理的な特長を皮肉った地名だと辞書には出ていた。

「それで、おばあちゃんにはまだムンジュ姉(オンニ)さんの話をしてないんです。おばあちゃんは電話もあまり取らないし、たまにつながっても耳が遠くてほとんど聞き取れないので。話があるなら直接会って伝えるのが一番いいんですが、あそこまで行くとなると一日かかりますので」

私の向かいに座ったチョン・ウシク機関士の長女が再び言った。彼女の話の重要な情報よりもムンジュオンニ、彼女が私をそう呼ぶことが気になっていた。心の中にわっと入ってくるのにぶつかった痕を残さない呼称だった。彼女の名前はムンギョンで三十代前半、職業は英語講師だという。弟の名前はフィギョンと言っていただろうか。ムンジュとムンギョン、そしてフィギョン、一文字ずつ重なっているこのパターンに、今は私も慣れてきた。

「『ムン』は紋様で『ギョン』は日差しです。あえて解釈するなら日差しの紋様という意味になりますね。弟は『輝く』の『フィ』を使って輝く日差しという意味になります。ええ。そうです。二人とも父が名前をつけてくれました」

ムンギョンが一つひとつ説明する間、ソヨンのカメラが彼女の顔をクローズアップした。私の視線も自然とムンギョンのほうにむいた。ムンギョン、この名前は隠喩ではなさそうだった。機関士の面影の残る、明るくてほがらかなその顔から視線をそらせないまま私は注意深くまた話をつづけた。

「それなら私の名前の『ムン』も紋様の意味の確率が高いですよね。もしかして、生前お父さんからそんな話を聞いたことはありませんか?」

「それが、あまり……」

「私の話は……きっとしなかったんでしょうね」

表情から私ががっかりしたのを感じ取ったのか、ムンギョンがいいえ、とことさらはっきりと返事をしながら顔を左右に振った。

「子どものころから父とおばあちゃんが話をしているのを何度も聞いたことがあるんです。でも二人とも会話の中ではムンジュではなく、『アガ』［幼子の呼称。大人になっても目上の人が目下の人を愛らしく呼ぶときなどに使われる。ここでは愛情と慈しみのこもった三人称］とだけ呼んでいて、私も今回やっとそのアガが私と似た名前だったというのを知ったんです」

「アガですか？」

「はい、いつもアガでした。アガがこれを好きだったとか、いい両親に会えただろう、今ごろアガもきっとお嫁にいっただろう、そんなふうにして」

私は笑った。ムンギョンも気恥ずかしそうに後について笑った。笑いながら、ムンギョンと会ったおかげで新たに知ったよくないことといいことを考えてみた。機関士は正式に私を養子にするつもりはなかったこと、その代わり覚えていたということ。よくないこと、そしていいこと、私はその相反する事実に同じように淡々としていた。

淡々としていたかった。

「実はちょうど二週間後から夏休みで、おばあちゃんに会いにいこうと思ってたんです。おばあちゃんにムンジュという名前をどうしてつけたのか必ず聞いてみますね」

連絡を待っている、と私は答えた。遠くない日に私の感覚と記憶が始まった場所が明らかになるのだと思うと、全速力で疾走して決勝戦の前で力が抜けてしまったランナーの虚無感がわかるような気がした。説明しがたい虚無感だった。

「きび餅……」

　短い沈黙の後に、私はまた口を開いた。

「はい？」

「きび餅という、おばあさんが雨が降ると作ってくれた料理があるんですが、ムンギョンさんも食べたことがあるでしょう？」

「ええ、飽きるほど食べましたよ」

「おばあさんに会ったら、私がおばあさんのその料理をとても懐かしがっていたと伝えてもらえますか？　それからもし、本当にもし、線路で発見された当時に私が着ていた服や持ちものについて覚えていることがあれば知りたがっていることも。それから……」

「……」

　私はしばし黙って大きく息を吸い込んだ。向かいでムンギョンがじっと私を見ていた。

「それから私がこうして生きているのは、おばあさんがあのときちゃんと食べさせてくれたからだと、あのときのあの料理の味を忘れられなくて、妊娠しているのに飛行機に乗ってここまで来たと、このこともぜひ伝えてください」

　私が続けて話すとムンギョンは両目をぱっちりと開いて、ソヨンとウンは口を開けたまま互いを見合った。さすがに一番驚いたのはソヨンのようだった。ムンギョンはすぐに明るく笑いながらおめでとうと言ってくれて、ウンはいつもの表情にすぐに戻ったが、ソヨンはまだ変わらずとまどった顔で私を見ていた。しばらくしてカット、と叫ぶソヨンの声はか細く震えていた。

撮影が終わり、カメラの外で伝えたいことがあるような顔をしてムンギョンがそっと近づいてきた。

「あの、一度抱きしめてもいいでしょうか？」

「……？」

「父は私がどこか遠くに行って帰ってくると必ずこうしてくれたんです。私は今日父の代わりにここへ来たので」

「……それなら、そうしてもらえますか？」

聞き返すと、ムンギョンは顔いっぱいに微笑みを浮かべながら両腕を思い切り広げて私を抱きしめた。ムンギョンの息づかいは砂糖のように甘く、私の背中をとんとんする手のひらは柔らかくて、お父さんのことを探してくれてありがとうという声が耳元をやさしく包み込んだ。私は、やっと、ムンギョンの中に彼の痕跡を完全に見つけられたような気がした。

ムンギョンに抱かれたまま、私はちょっとすすり泣いた。

＊＊＊

ムンギョンが帰ってからソユルとウンはコーヒーショップの周辺にあるおいしい店について話をしていて、言いたいことのたくさんありそうなソヨンは私のまわりをうろうろしていた。

撮影の日は一緒に食事をしなければならないのはわかっているが、私は行く場所があった。ソヨンに今日は事情があって食事には行けないと伝えると、ソヨンが今にも泣きそうな表情で私を見つめた。

「また食堂のおばあさんの付きそいに行くんですか？」

「その前に立ち寄るところがあるんです。でも、病院に行くのがそんなに心配ですか？」

「病院は細菌が多いから」

すぐにソヨンの目元が赤くなって、そばにいたウンが病院で働いてる人もいるのにそんな心配はしなくていいとはっきり言ってくれた。私はソヨンの手を握って、好きでやっていることだから心配しないでほしいとなだめ、やっとソヨンは私のお腹に視線をとめたままゆっくりとうなずいた。

鞄を持ってコーヒーショップを出てからすぐにタクシーを捕まえた。城北区（ソンブク）にある児童福祉会、そこにポクヒが十年間待っていた一通の手紙が来ていた。昨日の夜、私はその話を聞いた。

昨夜ポクヒの部屋に入って携帯電話に出ると、若い男が一方的にまくし立てはじめた。ここ数日、何十回と電話をかけたが今になってようやく通じたと、夜分ならつながるかどうかと思って退勤した後も何度もかけてみたのだと、夜間手当を別途請求させてもらうと、休む間もなく彼は話し続けた。冗談と心配の混ざりあった口調は、彼とポクヒが親しい関係であることを物語っていた。

「あの、私は代わりに電話に出ただけで……」

私はやっとのことで彼の話に口を挟んだ。驚いた声で誰かと尋ねる彼に、ポクヒの事情を伝えている間、携帯電話の向こうで彼はなんどもため息をつき、沈鬱な声で病院の名前と医師の所見も尋ねた。

それから、とても長い話が始まった。

彼は児童福祉会の職員だと名乗り、「チュ・ヨンヒおばあさん」とは知り合って四年ほどになるという。ソヨンがポクヒ食堂までの道を案内してやったという、あの児童福祉会の職員だというのは確認しなくてもわかった。チュ・ヨンヒは十年前から一か月に一度福祉会にやってきて手紙の発送を頼んでいて、それはどれもベルギーに養子に出されたペク・ポクヒに送る手紙だった。福祉会が養父母の許可なく彼らの住所や電話番号を生母や委託母に渡すことは規則に反するため、チュ・ヨンヒは福祉会を通じて手紙を送るしかなかったのだろう。福祉会でチュ・ヨンヒは有名だった。返事がなくても、そんなにも長い間、あんなにずっと手紙を送り続けるケースはなかなかなかった。いや、チュ・ヨンヒだけだった。それにチュ・ヨンヒは生母でもなかった。書類上、福祉会の生母はペク・ポクスンでありチュ・ヨンヒは委託母に過ぎなかった。

手紙はかなり前から、つまり彼が入社してチュ・ヨンヒの手紙をベルギーに送るのを任されるようになる前から、ほとんど毎回返送されて返事が来たことはなかった。ペク・ポクヒの身辺に変化があったのかもしれないが、養父母があえて手紙を返送したのかもしれなかった。福祉会としてはその理由を知るすべはなかった。いや、そんな能力自体なかった。福祉会がもっている養父母の住所や電話番号はただの一度も事実を確認したことのない、更新されたこともない、ただずいぶん前の書類に残っている記録にすぎなかった。

なのに先週、驚いたことにペク・ポクヒから初めて返事が来たのだ。福祉会の誰一人としてその手紙を開けてみようなどとは思いもしなかった。その手紙は絶対にチュ・ヨンヒがまず最初に読むべきだった。

「ようやく手紙が来たのに、本当に悔しいです」

また長いため息をつきながら職員が言った。私は、心配する職員に私が手紙を受け取ってもいいか尋ねた。ためらっているのか、黙っていた職員はしばらくしてから手紙を渡すと答えた。ただし、おばあさんに手紙を読んであげる場面を写真か動画で撮ってメールで送るという条件つきで、私はその条件に同意した。その条件がなくても、私はどんな方法であれ、その手紙を本来受け取るべき人に届けたということを彼に証明しようとしたはずだ。

気づけば児童福祉会の前だった。

携帯を取り出して職員に電話をかけ、私ははやる気持ちを抑えて彼を待った。

13

親愛なるヨンヒへ

こんにちは、ヨンヒ。

お変わりないですか？　お元気ですか？

真夜中に目を覚ましてこの手紙を書いている今、私はものすごく途方にくれています。感情や考えを文字で表現するというのに慣れていないうえに、フランス語ではなく英語で書くのはさらに難しいんです。英語で手紙を書くのは、私が韓国語をほとんど忘れてしまっただけでなく、私の記憶の中のあなたは、少し英語ができたからです。英語と韓国語がまざった言葉があちこちから聞こえてきたあの町のことを思い出します……。今はもうその町に住んではいないですよね？

韓国を離れたのが一九八七年ですから、もう三十年が過ぎました。私が四十歳になる間にあなたは七十歳ぐらいになっていますよね。この三十年あまりの間にあったことをこの一通の手紙にどうしたらすべて書けるでしょう？　不可能なことでしょう。不可能ですけど、それでも私ができることは、すべての話をできるだけ正直に書いてみることです。

ヨンヒ、まずあなたが絶対に聞きたくない話からしようと思います。

ベルギーで私は幸せじゃありませんでした。私のような子どもたちの多くがそうであるように、私もやはり養子に入った家庭でいつも不安定で、それ相応の愛情をかけてもらうことはありませんでした。大人になるまでずっと、いったい自分が誰なのかわからずに混乱していて、本当は今でもときどきそうなります。養子縁組は捨てられた私を救ってくれましたが、同時に私の一番大切な何かを奪っていったのですから。ベルギーでの暮らしが不幸だと思えば思うほど、あなたのことがもっともっと憎くなりました。もしかしたら、あなたから愛された記憶があったからよけいにあなたのことが許し難かったのかもしれません。今も、どちらかというとよく覚えています。あなたが私を児童福祉会に連れていったあの日、養父母と形だけのミーティングがありましたよね。私を見てみなが笑っているのに、審査されているみたいだったあのぎくしゃくした雰囲気、その後に一気に進んだ養子縁組の手続き、たくさんの書類、出国と入国……。あのとき私はものすごく怖くてさみしかったけれど、あなたはずっと私を見て見ぬふりして、出国する日は空港にも現れませんでしたよね。そんなあなたを私は理解する準備ができていなかったし、あなたに会いたいとか、会う必要があるという心の声にも確信が持てませんでした。

本当のことを言うと、十年ほど前からあなたが送ってきていた手紙を私は開けることもしませんでした。養父母の家に行くたびにあなたからの手紙を受け取ってはいましたが、古い箱にしまい込んで忘れてしまいました。数年前、養父母が別の都市に引っ越してからは、あなたの手紙を受け取ることもなくなったのですが、私はそうしたすべての状況を水が流れるごとく、自然に受け流していました。

忘れていたあなたの手紙を箱から一通一通取り出して読み始めたのは、ここ最近のことです。

三か月前に健康診断を受けて、左の胸に腫瘍があることがわかりました。超音波検査を終えた医師に組織検査をすすめられ、組織検査を受けたあとは、結果が出るまでひと月待ちました。そのひと月は、忍耐力を測る一種のテストみたいでした。どうしたって時間が流れていかないあのひと月の間に、私はあなたの手紙を読みはじめたのです。そうするほかありませんでした。腫瘍は、あなたが私を引き取ってくれたおかげで、私は幸せでいられたことを思い出させてくれたのですから。あなたが愛情をかけてくれて、がんばって働いてくれたから、あのとき私が生き残れたということを、三十代の若い女性だったあなたが、驚くほど私のお母さんの看護や私を育てることに献身的だったことを、忘れたことはありません。

あなたが送ってくれた手紙を読むには、数時間かかって辞書を調べて文章を理解しなければならなかったんですが、いつのまにかその時間が私にとっては不安を鎮めてくれるひとときになっていました。手紙をすべて読み終えたころ、検査結果とは関係なしに、私はあなたに感謝の気持ちを伝えたくなっていて、これ以上その気持ちにそむいたり、引き延ばしたりしてはいけないと確信しました。

ヨンヒ、今さらではありますが、この返事をあなたが喜んでくれたら嬉しいです。

ずいぶん遅れてしまったけれど、私は今、やっとあなたに会いたいと伝えられます。

あなたに会って、私の人生についてもっとたくさんの話を聞かせてほしい。これ以上どんな話をすればいいのかわかりませんが、これは私の本心です。

追伸。あなたが理解して許してくれるなら、韓国に行ったとき、あなたとお母さんのお墓に行きたいです。あなたの手を握って何度もそこへ行ったことがあります。あなたはそのお墓がどこにあるか覚えていますよね？　お母さんに今の私を見せてあげたいのです。

携帯番号を書いておきます。

＊＊＊

「もう撮るのやめましょうか？」

むこう側であのあどけない看護師が聞いた。私はうなずいて見せ、看護師はすぐに私のほうにやってきて携帯電話を差し出した。携帯電話には私がポクヒ、いやヨンヒ——本当のポクヒが実際に現れたのでもう彼女は私にとってもヨンヒでなければならなかった——にペク・ポクヒの手紙を韓国語に翻訳して読む映像が保存されているはずだった。

看護師は、おばあさんはよい方だから、よい方は長生きしていただかないと、はやく目を覚ましてくださいね、とつぶやきながらヨンヒの腕や脚をもんでやり、私はそんな看護師をだまって見つめてから、ヨンヒの尿パックを持って病室から出てきた。できるだけゆっくり歩いて廊下を過ぎ、トイレにパックを空けてから病室に戻ってきたとき、看護師はもういなかったが、代わりに初老の女性共同看病人が来ていた。私は数歩離れた場所から看病人がヨンヒの患者服を脱がせて新しいおむつに替えてやり、濡れたタオルで顔から首をへて、幾重にもなったしわのきざまれた胸やお腹、そして性器まで拭いていく様子を見守った。他人の裸を見るというのは困惑するが、その体は私もいつかたどり着くであろう終着駅のような場所だと思うと、耐えがたい苦しみのようなものはなかった。

共同看病人が帰ってから、私はヨンヒの手を握ってみた。ヨンヒが我が子のように育てた子を養子に出したのは事実だが、私はどうしてもヨンヒを憎めない気がした。できることといったらこれしかないような気がして、私はヨンヒの手をもっと強く包み込んだ。しみのちらばっている手の甲と関節の突き出た、誰が見ても明らかに年を取った人の手なのに、その手はあまりにも小さかった。小さい、私はささやいた。こんなに小さな手で数十年もの間働いてきたというのが信じられなかった。ペク・ポクヒを育ててペク・ポクスンを看病して、私に料理を作ってくれた手だというのも信じられなかった。かさかさの爪が伸び切ったその手を、私は布団の中にそっといれた。

病院から出てきた私は、ペク・ポクヒの手紙にあった番号に電話をかけなければならないだろう。彼女にヨンヒの状態を伝えて、今はペク・ポクスンのお墓を探す方法はないという悲しい知らせを伝えることは、先延ばしにしたい宿題のように思えた。お墓……。お墓、もう一度繰り返すとペク・ポクヒが手紙に書いた文章が新たに思い起こされた。ヨンヒが幼いペク・ポクヒの手を握って何度かそのお墓を訪ねたというからには、墓は彼女たち三人が一緒に暮らしていた住まいからそれほど遠くない場所にある確率が高かった。ペク・ポクスンの墓を見つけるには、ヨンヒがペク・ポクスンと一緒にペク・ポクヒを育てた家をまず見つけなければならないだろう。その情報を知っていそうな人の中で私がコンタクトをとれるのは、いくら考えても彼女しかいなかった。私はすぐに鞄を持って病室を出た。速足になっていた。ポクヒ食堂の前で、まずは彼女を待ってみるつもりだった。

14

「ある日、何も言わずに梨泰院からいなくなって二十年も連絡がなかったよ。天安（チョナン）にある保健所で長いこと働いてたとか。群山（クンサン）だったかで船に乗っていかないとならない養護病院でも働いてたって。そんなんしてたらそっと帰ってきてここに食堂を開いたんだよ。料理なんて何一つできないくせして、しかもあんなばあさんになってから。まったく笑わせるよ」

笑わせる、と言うときの老婆は本当に笑った。やっと私は老婆の笑っている顔を目にした。唇がまがったり顔の筋肉がゆがんだりしない、代わりに瞳の澄んだ自然に頬骨が上がる天真爛漫な顔だった。老婆からは今まで一度も見られなかった表情でもあった。

ちょっと前まで、老婆は自分の知っているヨンヒの人生を私に浴びせるように話しまくっていた。故郷、戦争を経て変わった暮らし、弟と娘を亡くした苦しみについて……。ペク・ポクスンやペク・ポクヒにまつわる話が抜けてはいたが、ふだんは無遠慮で攻撃的だった老婆を思うと、そんな姿が私には意外だった。後になって、つまりヨンヒが思っていたよりはるかにさびしい人だったということを実感して初めて、私はあの夜の老婆を理解することができた。老婆にとって私は、ヨンヒを思い出すこの地上の数少ない人として映るようだ。ヨンヒがどう生きてきたかを記憶しておき、思い出し、哀悼できる人、死を前にしたときに誰よりも必要となる他人……。

「ペク・ポクヒって、ご存じですよね？　ポクヒ食堂のあのポクヒのことです。ヨンヒおばあさんが長い間待っていたじゃないですか」

老婆の話がひと通り終わった後、私は彼女のグラスに新たに焼酎を注ぎながら慎重に話を切り出した。私がペク・ポクスンについて触れたときのように、老婆はペク・ポクヒという名前についても拒否感を見せるかもしれない。ちらっと私を見る老婆の瞳の奥に、輪郭のぼやけた光が浮かんでいるのを私は見た。あまりにもぼんやりとしていて、いくらのぞき込んでも計り知れないまなざしだった。

「ペク・ポクヒさんの電話番号がわかって、今日電話をかけたんです。ペク・ポクヒさんが二週間後にソウルに来るんですって。でも……」

「……」

「ペク・ポクヒさんが生母のお墓に行きたいと。願いだとまで言うんです。だから……ペク・ポクスンさんのお墓がどこにあるのか知っていたら、教えてください。いや、教えてくださらないとだめなんです。ヨンヒおばあさんもそれを願っているはずです」

「ポクスンだかポクナムだか、あたしがその人の墓を知ってるはずがないだろ」

老婆が突然鋭い声でそう返事をした。私と目が合うと老婆はグラスの残った焼酎を飲み切って、手のひらで力強く目元をこすりもした。

「……そろそろ行かないと。疲れたよ」

突然立ち上がった老婆は、酔ってふらつきながらも椅子を二つ食堂の外に引っ張っていった。それは、今日老婆に割り当てられたヨンヒの遺産だった。見回せば、ポクヒ食堂の椅子やテーブルはいくつも残っていなかったし、厨房のほうの食器がしまってあった場所もほとんど空になっていた。私は厨房に行ってフライパン二つを取り出し老婆のリヤカーに載せてやると、椅子が落ちないようにしっかりときつく紐をしばった。車輪の前のほうで老婆が私の動きをじっと見ていた。

老婆はすぐにリヤカーを引きながらポクヒ食堂から遠のいていった。角を曲がる前にちらっと老婆が振り返ったとき、私は反射的に手を振っていて、老婆はしばらく同じ姿勢でぽつんとしていた。老婆との距離は遠のき、日も暮れていたので、老婆がどんな表情で私を見ていたのかはわからなかった。

＊＊＊

老婆からヨンヒの人生の一部を聞いたおかげで、想像できることが増えた。私がヨンヒについて想像できる一番遠いシーンはこういうものだ。

虚空にサイレンが鳴り響き、通りは恐怖に襲われたまま飛び出してきた人たちであふれている。子どもたちの泣き声や家畜の鳴き声、あちこちから立ち上る煙たい爆弾のにおい、戦車や爆撃機の機械音、不安な空気やずんずん近づいてくる死の警告、ヨンヒが韓国の年齢で四歳になるかならないかの年、ソウルを支配していたものたち……。人が死んで死体が積まれていく戦争のど真ん中でヨンヒの母は息子を産んだ。子どもは無事に生まれたが、その子を守ってあげられる大人と言えるような人はほとんどおらず、世の中の保護膜はみすぼらしかった。息子が生まれたのを見届けてすぐに徴集を避けるためにソウルを離れたヨンヒの父親は、再び家族の前に現れることはなかったし、みなの期待や予想とは異なり戦争はすぐには終わらなかった。ヨンヒの弟が死んだのは生まれてからわずか三か月のことだった。おそらく栄養失調状態でそれほど致命的ではない病で死んだのだろう。弟が息を引き取ったとき、ヨンヒは死ぬことと眠ることの違いすらわからない幼い子どもにすぎなかった。母親が弟を抱きしめたまま声が嗄れるまで泣いているのを、ヨンヒは呆然と悲しいまなざしで見つめていたが、その姿勢の意味はわからなかったはずだ。

それから三年、戦争が終わり、少ししてヨンヒの生母は再婚した。無責任な夫と息子の死という悲惨な結末を迎えた最初の結婚に彼女はうんざりしていただろうし、失敗した結婚からできるだけ遠くに逃げたいと思っていた。ヨンヒは再婚した母親の家で暮らし、母親が新しい男と二人の子どもを産んで育てるのを見守りながら成長した。そこでヨンヒが愛されずに疎まれていたことは、今の書類上のヨンヒの保護者であり保険金の受取人として設定されている妹の態度からも十分に推し量ることができた。成人になると、やっとヨンヒは母親から抜け出せた。昼は働き夜は看護専門大学に通ったが、看護学を選んだのはおそらく、できるだけ早く自分で生計を立てていくためだったはずだ。看護師として働き出してしばらくもしないうちに急いで結婚したのも同じ理由からだったのだろうか。結婚後の話ならすでに老婆から聞いていた。二十二歳か二十三歳のときに結婚して一歳になる娘を亡くし、それ以降は妊娠できず夫と夫の家族から捨てられたという話……。

ポクヒ食堂を出て三階につながる階段を上ると、私はもうあのシーンを見てみないふりはできないと悟った。想像で映し出されたそのシーンの中で死んだ娘を抱きしめているヨンヒは、不思議なくらい落ち着いていて冷静な顔をしていた。一瞬で希望や意欲を失った人たちはそんな顔をするしかないのだろう。娘の血が冷たくなり、筋肉が硬直していくのを感じながら、ヨンヒは弟を亡くした瞬間の苦しみを思い出しただろうし、執拗に命をうばっていく自分の人生に、ありとあらゆる希望を失ったことだろう。あの日以来、長い間続いていたであろう自分の人生に幻滅し、降参するしかなかった……。

ペク・ポクスンとペク・ポクヒに会う前まで、ヨンヒは大学時代の私と似たような質感の時間を過ごしていたにちがいない。理由もわからぬまま生まれて意志とは関係なく生きるだけ、心の奥深くでは死と隣り合わせだったあの暗転の時間のことだ。だから、ヨンヒはペク・ポクスンとペク・ポクスンが産んだペク・ポクヒを見捨てなかったのだろう。いや、見捨てられなかったのだろう。この母娘はヨンヒにとって、守ってあげられなかった生命を思い出させたのだろうし、二度と、どんな生命であれ、冷たく死なせてはならないと決意させたのだろうから。生命はヨンヒにとって慰めであり、救いだったのだから。

いまや私にとってチュ・ヨンヒという名前は、ポクヒ食堂で働いていた老年の女性だけを意味するのではなかった。大切なものを失ってもなお夢を見ていた、たとえ傷ついても、ほかの誰かが同じように傷つくことがないようにと必死だった生身の一人の人間だった。チュ・ヨンヒ、一九四八年生まれ、ペク・ポクヒの二人目のお母さん……。

＊＊＊

翌朝、児童福祉会の職員から電話がかかってきた。その電話に出る前まで、私はペク・ポクヒも別の形の養子だということをきちんとわかっていなかった。ペク・ポクヒと私は二歳しか違わなかったし、同じような時期に海外に養子に出されたが、彼女は自分を産んで育てた人が誰なのか正確に知っていたし、その情報は記録としても残っていた。出生記録書、ペク・ポクヒは、私にはないその書類を持っていた。

電話を切って児童福祉会を訪ねると、職員は出生記録書の原本をコピーしてくれた。出生記録書は養子縁組の家族や親戚だけに閲覧が許されているが、職員はヨンヒとペク・ポクヒの状況は例外とみなして第三者の私にコピーを渡してくれたのだ。朝、彼が電話をしてきた理由は、病室で撮った映像を受けとったと伝えるためで、そのときはまだ彼は、ペク・ポクヒがじきに韓国にやってくる予定で、ペク・ポクスンの墓に行きたがっていることは知らなかった。梨泰院のどこかにペク・ポクスンの墓があるはずだという私の推測に彼は懐疑的だったが、ペク・ポクヒが養子に出される前の住所が書類に残っているから児童福祉会でその書類を確かめてみるように勧めてくれた。ペク・ポクヒを生母の墓の前に立たせてあげたいという彼の思いやりが読み取れた。

児童福祉会の空いている会議室で、私はペク・ポクヒの出生記録書をゆっくり読んだ。出生記録書にはペク・ポクヒの基本的な情報だけではなく、ペク・ポクヒが生まれ成長してきた過程——看護師だったヨンヒと妊娠したペク・ポクスンが保健所で初めて会ったという内容とその後ヨンヒがペク・ポクスンの出産を手伝い、ペク・ポクヒを育てることになった事情が含まれていた――が書かれていた。ペク・ポクスンは十八歳でペク・ポクヒを妊娠したということ、当時ヨンヒが三十歳だったのも出生記録書を通じてわかった。その代わり、ペク・ポクスンの死因や葬儀の手続きは書いていなかったし、ペク・ポクヒの生物学的父親については職業が明記されているだけで、名前や年齢といった身元確認に必要な情報はなかった。私が一番知りたかった養子縁組の理由もやはり「環境の変化」と「周囲の勧め」とだけ短く書かれていて、意図的に本心を除いた形式的な記述だというのが嫌でもわかった。書類の下段にはチュ・ヨンヒという名前が署名されているが、ヨンヒが情報を選別して出生記録書を作ったのは明らかだった。

「ヨンヒおばあさんは並大抵の人じゃありませんよ。あの時代には珍しく、じつに勇敢な方でした」

私の分の飲み物を手にして会議室に入ってきた職員が話しかけてきた。私は読んでいたものから目を離して、不思議そうなまなざしで職員を見つめた。

「英語ではなんて言うんでしたっけ。あ、そう、ミリタリーキャンプタウン（military camp town）、軍人たちのためのタウンという意味で。出生記録書によればペク・ポクスンさんは、いわゆるそのミリタリーキャンプタウンで働いていたわけじゃないですか。ペク・ポクヒさんの生物学上の父親は米軍でしたし。今でこそミリタリーキャンプタウンと言えば一種のプレイスポットにすぎませんけど、一九七〇年代となると話は違ってきます。ちゃんとした職業をもつシングル女性がミリタリーキャンプタウンで働いていたペク・ポクスンさんと一種の代案家族みたいなものをつくったというのは、かなり例外的だと思います」

「代案家族ですか？」

「結婚と血縁で結ばれる伝統的な家族じゃなくて、生計と生活を共にする、見方によってはもっと家族らしい共同体のことです。ヨンヒおばあさんはその家族の家長を担っていたんです」

職員はペク・ポクスンが生きていたころのミリタリーキャンプタウンについての説明をつづけ、彼の話が終わるころには、私はヨンヒが作成したペク・ポクスンの出生記録書をもう一度読まずにはいられなかった。

児童福祉会から出てきた後は地下鉄に乗って合井にむかった。一人ではペク・ポクスンの墓を探し出す自信がなかったし、それに時間も足りなかった。ペク・ポクヒの帰国の日がもう十日後にせまっていた。十日の間にペク・ポクスンの墓をどうしても見つけたかった。合井についてコーヒーショップの扉を開けると、L字型のカウンターのむこうで一生懸命コーヒーを淹れているソヨンが見えた。ソヨンに話したいことがたくさんあった。

15

朝鮮戦争が終わった後も米軍は引き続き韓国に派遣され、すぐに彼らのキャンプ周辺には飲食街ができはじめた。ミリタリーキャンプタウン、それを韓国語にすると基地村(キジチョン)になった。

「でも一九九〇年代の頭までは、韓国では基地村というのはタブーに近かったそうです。まるで集団で催眠術にでもかけられたみたいに、普通の韓国人なら基地村という言葉をなかなか口にはしなかったらしいです。私も今回関連記事を探してみてわかったんですけど、基地村は韓国人にとって性的なニュアンスだけじゃなくて、強大国から屈辱を受けているようにも感じる場所で、よけいに隠そう隠そうとしてきたみたいなんですね」

二日間、事前に調べていたのか、隣でソヨンが説明してくれた。まずペク・ポクスンが、ペク・ポクヒが生まれる前まで暮らしていた町に行ってみようというソヨンの提案で、梨泰院駅の裏の路地を歩いていたところだった。合井のコーヒーショップでペク・ポクヒの出生記録書のコピーを読んだソヨンは、ペク・ポクスンの墓探しを手伝いたいと言ってくれた。その過程をカメラに収めたいと、予定になかった撮影だからソユルとウンの助けは借りず、カメラ一台で撮って映画に入れられるよう編集してみると意欲的だった。撮影がうまくいけば、ペク・ポクスンの墓を探して歩く私の姿が映画の後半部を占めるはずだった。どちらにせよムンギョンから連絡が来るまで撮影シーンはなかった。ムンギョンが私の頼みを忘れてしまって、また会うことができなければ、ソヨンの映画は未完で終わる可能性もあった。

「ペク・ポクスンさんがヨンヒおばあさんの家で暮らすようになる前まで働いていたクラブは、この辺りのどこかだったはずです」

ソヨンの言葉に、私は歩みを止めて周囲を見渡した。たったいま通ってきた、スーパーやトルコ料理のレストランや両替所があった通りは一種の通路だったのだろうか。まるで不透明で長い通路を通ってきたような、目の前に広がる過去の基地村は、ソウルのほかのどの地域とも比較できないくらいに荒涼としていた。

梨泰院駅から歩いてわずか十分のところにあるが、ここは過去三十年、再開発からは完全に除外されてきた地域だったとソヨンが言った。言われてみれば、梨泰院の周辺だけ見てもしゃれたレストランやフランチャイズのカフェ、そこを訪れる人たちであふれかえっていた。かつて商圏としてソウルで最もにぎわっていた昔の基地村は、一九九〇年代にはいると米軍の数が減り軍隊の一部が別の都市に移転するにつれ、いつしか歳月の中に葬られたのだ。

路地の奥にすすむにつれて荒廃感の濃度は高まっていった。移民や不法滞在者が多く暮らすパリの郊外のスラムが思い浮かんだ。シャッターが下りた店に窓がはずされた家、帽子を目深にかぶって猫背で歩いていく男たちや、化粧は濃いものの洋服はみすぼらしい女たち、塀にスプレーで殴り書きされたグラフィティー、曲がり角ごとに積まれたごみの山、すべて私が知っているスラム街の風景だった。

児童福祉会の職員の話によれば一九九〇年代序盤までは、ここで働いていた女たちは政府の保護を受けながらも、完全に孤立していたという。大部分の韓国人は、彼女たちの仕事が必要だと認めながらも、彼女たち個人の人格は尊重しなかったのだ。むしろ、あからさまに無視し、彼女たちが産んだ混血の子は恥ずべき存在だとぞんざいに扱った。福祉会の職員はヨンヒが看護師として働いていた基地村の保健所こそ、彼女たちへの差別が集約された場所だったと言った。保健所の医師や看護師たちは彼女たちの体に触れるのも嫌がり、彼女たちが性病や妊娠の検査に保健所を訪れた日には、これ見よがしに医療器具を消毒したりした。彼女たちのうちの誰であれ、米軍による性病の疑いがあると思われると、私設監獄となんら変わらない収容所に送られて数日間監禁するのも保健所の職員たちの仕事だった。

ヨンヒはそんな差別が日常的に行われていた職場で、まさにその差別の対象だったペク・ポクスンと友人以上の仲になったのだ。ペク・ポクスンの出産を手伝い、ペク・ポクスンが産んだ子を自分の家で一緒に育てることは、ヨンヒにとって相当の勇気が必要だったはずだ。アンリとリサが彼らとは肌の色が違う私を家族の一員として迎え入れること、おそらくそれと同じくらいの勇気が。

「少し休んでから行きましょうか?」

私のことが気にかかったのか、ソヨンがそっと私のお腹を見下ろしながら聞いてきた。ウジュは十九週目に入っていて、お腹はもう人の目を引くほど出ていた。ソヨンと私は狭い路地の奥へと歩いていき、コンクリートの階段に鞄をおいてその上に座った。ソヨンが三、四十年前のこの場所の風景をインターネットで見つけてきたと言って、携帯電話をさしだした。英語の看板、ビール瓶をかざすミニスカート姿の女たち、互いに胸倉をつかんでいる二人の壮健そうな米軍、それから一瞬、我を忘れたような表情で煙草を吸っている女……。ポップスや香水の香り、誰かのわびしい歌声といった、まるでフレームの外にある感覚まで伝わってきそうな写真たちだった。その当時、ここの女たちはジェニーやキャシーといった呼びやすい英語の名前や、ジニーあるいはニッキーといった国籍不明の名前で暮らしていたと児童福祉会の職員は言った。ペク・ポクスンもジェニーやキャシーだっただろうか。大勢のジニーたちやニッキーたちのように、米軍と結婚してアメリカに移住するのを夢見ていたのだろうか。

「あの当時に暮らしていたわけじゃないので簡単には言い切れませんけど、少なくとも私が調べた資料では、そういうことは珍しかったみたいですね。基地村の女性たちはそもそも米軍の結婚相手にはなれなかったんでしょう。シングルマザーの比率が高くて、養子縁組件数が多かったのもそのせいでしたし。やっぱり当時は女が一人で子どもを産んで育てるのは今よりもずっと大変でしたから。それに混血の子だったら子育ての環境もさらに厳しかったはずです」

ソヨンの話を聞きながら写真一枚一枚をまたじっくり見てみると、ある瞬間、少し乾いた生ぬるい風が吹いてきて髪の毛がからまった。気がつけばソウルの暑さはずいぶんやわらいでいた。頭上に突きささるようだった直線の太陽熱は今ではゆるやかに落下してくるように感じられ、頂点に達した木々の緑の濃度も確実に淡くなってきていた。ウジュがこの夏を越し、これからやってくる秋と初冬を胎児という本分をまっとうし育ってくれたら、年末か来年の頭にはウジュに会えるはずだった。ゆがんだり、策を練ったりしない時間というもののまっすぐさが、今の私には安らぎであり慰めだった。

そのときだった。突然赤ちゃんの泣き声が聞こえてきて、ソヨンと私はとまどった顔で互いを見た。どこの家なのか赤ちゃんが泣いていたが、正確な場所はわからなかった。この辺りでペク・ポクヒは生まれたのだろうか。ふとそんなことが気になりはじめた。可能性は高かったが、確かではなかった。出生記録書にはペク・ポクヒが生まれた日にちと養子に出された当時の居住地が書いてあっただけで、彼女の出生場所は載っていなかったから、ペク・ポクスンは保健所かヨンヒの家でペク・ポクヒを産んだ可能性もある。私が知っているのは、ヨンヒがペク・ポクヒを「取りあげた」ということだけだった。ペク・ポクスンの血が流れている脚の間から取り出したペク・ポクヒを、そっと抱いて温かいお湯で血やよごれを拭きとってやり、へその緒を切ってあげたことを。ポクヒという名前はいつつけたのだろうか。ポクスンとヨンヒから一文字ずつとって名前をつけようと提案したのは誰だったのだろうか。今となっては……。

今となっては、誰も知らない話だった。

ペク・ポクヒは一九七八年に生まれた。独裁政権の時期で、貧しさはバラックの家々と同じくらいごく当たり前の時代だった。ペク・ポクヒを「取りあげた」ヨンヒはささやいたのではなかったか、こんな世の中でも赤ちゃんが生まれるなんてと、泣きそうになりながら……。ヨンヒがお産を終えたばかりのペク・ポクスンのそばでへその緒を切ったばかりのペク・ポクヒを横にならせた瞬間、ペク・ポクスンも説明できない感情で胸がいっぱいになった表情で娘を見下ろし、ヨンヒはそんなペク・ポクスンをそばで支えたのだろう。そうやって、二人の母親と幼い娘でできた家族が生まれた。その共同体はあまりに純粋で、美しかったはずだ。ペク・ポクヒはその名前の意味そのままにラッキーでまたラッキーだったことになる、少なくとも差別や悲しみを目の当たりにする前までは……。いや、ヨンヒとペク・ポクスンは、ペク・ポクヒが生まれたその瞬間から、普通の韓国人とは見た目からして異なるペク・ポクヒに向けられる差別や悲しみを常に予感していたのだろう。不安になりながらもはっきりとペク・ポクヒの未来をわかっていたはずだ。

「だから、ポクヒ食堂のおばあさんはペク・ポクヒさんの委託母というより、もう一人のお母さんだったってことですよね。それなら我が子と変わりないペク・ポクヒさんを、どうして養子に出したんでしょう？　出生記録書に書かれている理由がすべてではないですよね？」

　赤ちゃんの泣き声が小さくなっていくころ、ソヨンが尋ねた。

「そんな簡単な理由で捨てたのなら、待っていたりしなかったでしょう」

「じゃあ、ペク・ポクヒさんのためだったんでしょうか？」

「……もしかしたら、そのカメラがもっと正確に教えてくれるかもしれない」

　私が答えると、ソヨンは自分のカメラと私を交代に見つめ、納得したようにすぐにうなずいた。

　ペク・ポクスンはペク・ポクヒを産んだその四年後に死んだ。その年、ペク・ポクスンはわずか二十二歳だった。十七歳で基地村に流れ込んできてペク・ポクヒの実父と出会い、翌年には母親になった、あまりにも早く世間を知ってしまった彼女は、生きていくはずだった多くの日々とペク・ポクヒを残して、慌てて人生を終えてしまったのだ。ペク・ポクスンの葬儀を終えて家に帰ってきたヨンヒは何も知らずに眠っているペク・ポクヒを見下ろしたまま、自分が守るんだ、という当初の決意を幾度となく繰り返したのだろうが、その決意は永遠ではなかった。ヨンヒの心境に変化が起きたのは、ペク・ポクヒの成長そのものがきっかけだったことは疑いの余地がないように見えた。ヨンヒは大きくなるペク・ポクヒを世間の敵意から完全に遮断することは不可能だと思い、自分では守り抜いてあげられないと判断すると、養子縁組制度はそんなヨンヒのか弱い心にねじのようにゆっくりと入り込んでいったのだろう。養子縁組はあっというまに進められ、もう後戻りできなかった。

ペク・ポクヒを養子に出した後、梨泰院を離れたヨンヒが天安と群山のそばの島でどのように暮らしていたのかは、証言してくれる人すらいないが、保健所や養護病院から帰宅して空っぽの家の蛍光灯をつけるときの暗闇の中で浮き上がるその顔を、私は十分に想像できた。前日よりも疲れた顔、孤独に侵食されて少しずつ老いていく、いつまでも心の内に傷を負った者の顔……。そうやって二十年が流れていった。

そしてある日、ヨンヒはそれまでの人生を整理してペク・ポクヒと暮らしていた町に戻り、看護とはまったく関係のない食堂を開いたのだ。おそらく死ぬ前に一度でいいからペク・ポクヒに会いたいという願いを胸に……。ヨンヒの仕事場であり住まいだった、私はここにいる、と存在を証明しつづけたポクヒ食堂は、ヨンヒのその願いが込められたもう一つの手紙だったのだろう。ペク・ポクヒはペク・ポクスンだけでなくヨンヒの娘でもあると同時に、彼女のこれまでの人生が偽りではなかったことを証明するたった一つの真実だったのだから。

ペク・ポクヒは、チュ・ヨンヒの宇宙だったのだから……。

16

ソヨンと昔の基地村を訪れたその日の夜、私は寝込んだ。熱が出て、体が溶けてしまうのではないかと思うほどの疲労感で目を開けるのもつらかった。ここ数日無理をしたせいのようだった。一番気になったのはお腹の痛みだった。いつもよりお腹が少し飛び出ているようにも見えて、全体的に張っている気もした。早めに寝床についたものの、ソヨンのベッドは私の背中や腰、脚を不快に刺激するだけだった。

眠れなかった。

時間がすぎるにつれ、どんなことが起きてもいずれはすべて過ぎ去るものだと、いつものようにちゃんと乗り越えられるはずだという楽観的な勇気が薄れていった。私を本当に恐れさせたのは、冷たい痛みではなかった。ウジュの隠れ家が壊れてしまうかもしれないという不安だった。**離れないで、どこにもいかないで、私を一人にしないで、お願い……。**両腕でお腹を引きよせたままつぶやいていると、携帯の着信音が鳴った。私は飛び上がるようにしてベッドから起き上がり、這うようにして床を横切ると、鞄から取り出した携帯を両手でぎゅっと握りしめた。

一週間も撮影がストップしているので元気かどうか電話をしたと、携帯の向こうからソユルが言った。監督とスタッフは俳優を守る義務があるのだから、助けが必要なときはいつでも言ってほしいというソユルの言葉を私ははっきりと覚えていた。私はソユルに元気だと伝える代わりに、不安な体の状態を正直に話した。

ソユルとソヨンは、それぞれタクシーに乗ってすぐに梨泰院に来てくれた。私の状態をチェックした彼女たちは、インターネットで救急のある産婦人科病院を探してからタクシーを呼んだ。タクシーの中でソヨンは私の手を離さなかったし、私はそのぬくもりのおかげで恐怖と闘えた。救急室ですぐに超音波検査を受けると医師は、無理をしたせいで一時的に痛みが出ただけだからしばらく十分休むようにと診断した。私は医師の処方どおりに別の病室で点滴を受けながら朝まで休むことにした。翌日アルバイトがあるソユルは先に帰ったが、ソヨンはそばに残ってくれた。ソヨンに申し訳なかった。申し訳なかったが、彼女に心配せずに帰るようにとはどうしても言えなかった。そうできなかった。

私は彼女が必要だった。

「一つ聞いてもいいですか？」

病室の灯りが消えて病室のむこうに見える廊下が静かになると、幅の狭い補助ベッドに毛布を掛けて横になっていたソヨンが聞いた。私はそんなに気を遣わないでくれと、もちろんなんでも聞いてくれと答えながらソヨンのほうを向いて横になった。

「えっとだから、知りたいのは……」

「……」

「どうして線路だって確信したのか、それが知りたくて」

「確信ですか？」

「線路に捨てられたんじゃなくて清涼里駅のそばで迷って線路まで行ったのかもしれないじゃないですか？　三歳か四歳の子なら線路が危険だって知らないと思うし。でも最初から捨てられた場所が線路だと断定してしまうと……」

「……」

「それじゃ幼いころの自分が可哀そうすぎるじゃないですか」

「……」

沈黙が流れた。

私は何も言えないまま、また正面に姿勢をもどして天井を見上げた。

言われてみれば、線路は私が発見された場所にすぎなかった。捨てられるところを目撃した人はいないし、私を見つけた機関士はもうこの世にいない。それに私は、その日だけじゃなくその日以前のことを覚えていないのだから、線路の外の風景は語ることのできない領域になる。

長い間私はただ想像してきた。私が生母と一緒に線路に沿って歩いていて、ある瞬間にふと生母の手を放すシーンを、私を線路に捨てたまま、遠くに走っていく生母のぼんやりしたシルエットと涙でぐちゃぐちゃになった幼い私の顔を、汽車の急停車の音と私をさっと抱きあげた機関士の安堵の息遣いを、まるで客席に座って舞台やスクリーンを見つめているかのように距離を置いたまま……。

ソヨンの言うとおり、線路に捨てられていたと決めつけると、自分をもっと哀れに思うことができた。でも、自己憐憫は生という表面のところどころにできる深くて暗い洞窟のようなもので、足をふみはずしてそこに落ちることがあっても、誰も、永遠に、その洞窟の中にとどまってはいられない。孤独でわびしいあまりどうしても自己憐憫に陥ってしまう時期が私にもあったが、その心の状態に満足したことはなかった、ただの一度も。

もしかしたら線路は、生母を憎むために私が作りあげた架空の空間かもしれなかった。それは、単なる憎しみではなく、理解と許しを封じ込めてしまおうとする根源的な憎しみだったのかもしれない。線路という無情な空間ならば、生母の純粋な悪意もその場に残るのだから、彼女を理解し許すことを私が背負わなくてもいい。もしかしたら私は、彼女を憎む力を糧に生きているうちに、彼女の差し迫った状況を理解し、私を捨てたことをいつか許してしまうのではないかと恐れていたのかもしれない。ソウルの産婦人科の病室という人生の予想外の空間で私はやっと気がついた。生母にまつわるささいな手がかりでもいいからと必死で探しておきながら、実は彼女をひたすら憎みつづけることに人生の一部を使いきってしまったということを……。

疲れたのか、いつのまにか眠りについたソヨンは軽くいびきをかき始めた。毛布の外に出ていたソヨンの両脚をじっと見下ろし、両腕を伸ばして片隅に丸まっていた毛布を整えてやった。痛みと疲労は嘘のように消えて、私が見上げている天井には清涼里駅の線路だけがいつまでも広がっていた。見慣れぬ場所だと感知したのか、その日の夜、ウジュは私と一緒にいつまでも寝返りを打っていた。

＊＊＊

翌日、十時が過ぎてやっと目を覚ましたとき、ソヨンは見当たらなかった。ソヨンが横になっていた場所には、約束があるので挨拶もせずに先に行くとメモが残してあった。忙しいのにここまで私についてきてくれて寝心地の悪いベッドで一晩過ごしたソヨンの苦労を思うと、私の存在そのものが邪魔に思えてならなかった。どうしたらこの厚意に報いることができるか考えることで、申し訳なさが少しはやわらぐのがせめてもの救いといえば救いだった。ソヨンにまだ話していなかったが、私は韓国に来て新しい作品を構想し、導入部はすでにある程度できあがっていた。フランス国籍の韓国系養子が、パリに旅行にきていた老年の韓国人女性――彼女は若いころ、未婚のまま産んだ娘を人知れずフランスに養子に出した過去があった――と偶然知り合い一日を過ごすという内容だった。彼女たちは母娘関係ではないが、互いに母と娘の姿を想像し友情を分かちあう。いや、友情以上の絆を……。劇中の韓国系養子の韓国名がソヨンだった。いつかその劇作が舞台にあがったら、私はソヨンとソユル、できればウンもフランスに招待したいと思っていた。飛行機のチケットと旅行経費のすべては出せないと思うが、私のスタジオのアパートに泊まってもらうことはできるだろう。夜は彼らが観たがっていたアンリの映画を観せてあげたかった。映画が終わったら、冷たいビールを飲みながら韓国であったことを笑いながら話したりしてもいいかもしれない。

そのころ、ウジュはどれくらい大きくなっているだろうか。無事に生まれて健やかに育っているだろうか。ウジュがウジュに決まった瞬間の夏の風景、つまり風の向きや木の葉の色、そして雲の形を、私がすでにウジュに伝えてあげた後だろうか。私が望むのは、ウジュの健康と平和、ただそれだけなのに、私の人生にはそれすらも欲ばりすぎだと誰かに言われるのではないかと、ときどき悲しくなることがあった。周りにそんな残酷なことを言う人はいないとわかっているのに、その声は私が見渡す未来に霧のように濁ったままかかっていて、私は自分に残された時間が怖くてしかたなかった。

回診にきた医師は、私の状態をチェックしてから保護者が連れにくるまで病室でもう少し休むように言った。保護者はいないと伝えると、医師の表情が曇るような気がして、私はただわかったとだけ答えた。昼食に病院で出された栄養食を食べているとき、たったいま出産を終えた女性がベッドに乗せられて病室に入ってきた。彼女の夫と両親、そして夫の両親もベッドの後について入ってきたので、二人部屋の病室はすぐに人でいっぱいになり、ねぎらいの言葉や安堵する笑い声がしばらくの間続いた。栄養食を食べながら私の頭をやさしく撫でるアンリの手のひらを想像した。ナナ。私がゆっくりと頭をあげると彼はブルーとグレーのまじった瞳で静かに私を見つめて、何度でも私の名前を呼ぶはずだ。ナナ、ナナ。愛情のこもった声で、私がさみしそうに見えると、彼はいつもそうしてくれていたから、彼が生きてさえいたら。

午後がのんびりと流れていった。

夕方ごろ退院の手続きを終えて病院から出てきたとき、私はソヨンの家に行く代わりに地下鉄に乗って清涼里駅に行った。もう一度、最後にもう一度、清涼里駅の線路をこの目に収めておきたかった。

17

夕方から夜に移行していく時間、清涼里駅のプラットホームは静かだった。オープニングシーンを撮るときに見た、混雑してざわついた風景は夢の中のように遠くに感じられるほどだった。列車が一両停車している五番線と六番線を除いては、全線路が空いている状態で行きかう人もほとんどいなかった。

暗闇が深まると、蛍光灯や自販機、案内板の周りに広がっていた人口の灯りがどんどん加速して大気の中にしみ込んでいった。清涼里駅から釜山（プサン）に向かうムグンファ号が発車するのを見届け、ようやく私はベンチから立ちあがるとプラットホームの先にむかって一歩一歩歩きはじめた。目をつむった。前が見えなくなると、ようやくプラットホームの下の線路で私と並んで歩いているムンジュを感じられた。

後ろ手を組んだままハミングをしているムンジュは音符のように歩いた。私に似た女、いや私とそっくりの一人の人、彼女が今ここに来ていると感じた瞬間から、線路に敷かれた砂利を踏みしめる仮想の足音だけが感覚のすべてになって、その規則的な足音のせいで、こんなふうに目を閉じて歩いても、私は絶対に安全だと信じることができた。スクリーンの外に出てきているのだと思った。つまり、ここは私の人生の外、ムンジュの領域なのだ。

ムンジュと一緒ならばどこでも、いつまでも歩けるような気がしたが、プラットホームが終わる地点で私の歩みも止まった。プラットホームで目を開けて見つめた線路のはるか向こうは、洞窟のように暗かったし、暗がりの中の線路は大田(テジョン)や釜山のような都市ではなく、無形の冷たい空虚につながっているようにしか見えなかった。ムンジュは止まらずにその暗がりに向かって、今度は戦闘的といっていいほど、どしどし歩きはじめた。想像の中でもそうだったように、私は彼女を呼び戻さなかった。

少しずつ遠のいていったムンジュの後ろ姿が、見渡せる一番遠いところで嘘みたいに消えたとき、私は、彼女が線路から完全に抜け出したのだと、もう二度とこの空間にいる姿を想像できないだろうと予感した。あれほど長い歳月、私のアイデンティティーであり、苦しみが隠されていた場所でもあった線路は、もうこれ以上私を代弁することはできないだろう。線路が不確実なものになると、無条件に、酷い人だと決めつけていた母のことも無意味になった。暗黒の中の女、真っ黒な封筒に封印された一人の生涯、現在だけでなく未来にも、その墓すらわからない人、私は今、彼女について何か知っていることなど一つもないのだった。

ちょうど雨粒がひとつ鼻筋に落ちてきた。立体的な空間に再び入ってきたことを知らせる信号のように、雨粒の冷たい感触を肌で感じると、やっといろんな騒音が聞こえてきて、雨のにおいもした。雨粒は増していった。それは、水が雲になってまた水に戻っていく自然界の過程でもあった。後ろを振り返った。平らで四角い形をした世界はそこになかった。

＊＊＊

ソヨンの家に帰ってきて熱いシャワーを浴びてから手足にローションを塗っていると、ヨンヒが、いやヨンヒの老いた小さな手が思い浮かんだ。共同看病人はヨンヒの長く伸びた手の爪に気がついて丁寧に切ってくれただろうか。気になった。いや、きっと気づいていないだろう。私はそう確信した。何人もの患者の排泄物や痰（たん）を片づけ、床ずれができないようにマッサージをしてやるだけでも目が回るほど忙しい共同看病人が、一人一人の患者の爪にまで気をくばる余裕はないだろう。

三日前にヨンヒの病室に行ったとき、死を待つ患者に手術や治療もほどこせないまま病室に放置しておくのは意味がないと、病院側は介護施設なりホスピス病棟に患者を移したがったが、患者は意志がなく保護者はどうにか支払いを済ませただけで、姿も見せないためどうすることもできないのだと、あのあどけない看護師は初めて会ったときの話をもう一度聞かせてくれた。

あのとき私は、チュ・ヨンヒという一人の人間がこの世からなんの問題も起こさず静かに消滅していくことを誰もが待ち望んでいるように思えてならなかった。背筋がぞっとするような考えだった。

爪切りを鞄に先に入れておいて、ヨンヒが意識を失った日にちを数えてみた。二週間前にヨンヒは倒れたまま発見され、私がヨンヒの家計簿を見たのもその日だからペク・ポクスンの命日はすでに過ぎたはずだ。そっか、つぶやきながら夕飯のために冷蔵庫から食材を取り出したその瞬間、家計簿のメモの横に並んでいたいくつかの数字が、おぼろげな記憶の表面上にまるで空っぽの鞄みたいに突然浮かびはじめた。私はその場からすっくと立ちあがり、すぐに玄関の扉を開けて外に出ていった。その数字たちが、ペク・ポクスンの墓を知る人の電話番号にちがいないと思ったのだ。

雨に濡れた二十七段の階段を踏みしめ一階に降りてみると、ポクヒ食堂の扉はいつのまにか鍵がかかっていた。おそらく食堂の家主が知らせを聞いて鍵をつけていったのだろう。食堂の裏側に回ってみた。ごみを捨てる小さなスペースがあってヨンヒの部屋につながる窓も見えた。リサイクルごみの山から段ボールをいくつか持ってきてその上に乗って窓づたいにヨンヒの部屋に入るのは難しくなかった。窓の下に棚があって安全に着地できたのだ。部屋に入ってからスタンドをつけ、初めてこの部屋に入ってきたときみたいに、淡いオレンジ色の照明がすぐに部屋全体に広がって目が慣れてくると小さな家具や古びた服、羽根の壊れた扇風機が順に目に入ってきた。

ヨンヒの家計簿は布団の上に広げられたままそこにあった。餅、緑豆粉、梨、りんごと書かれたメモの横に殴り書きしたその数字を携帯にすぐ入力して通話ボタンを押した。信号音が十回ほど鳴ってからやっとつながった。寝起きに電話に出たのか、もしもし、電話口のむこうの声はしゃがれていた。中年女性の声だった。ペク・ポクスン……。私は注意深く口を開いた。

「ペク・ポクスン、そちらにペク・ポクスンさんのお墓はありますか？」

煩わしそうな声で、何ですか？　と聞き返しながらも女は電話を切らなかった。がさごそいう騒音がひとしきり通りすぎてから女が何か言ったが、その話には一度では聞き取りにくい単語があまりにもたくさん入っていた。位牌、法事やお布施、霊歌といった単語たち……。まずヨンヒの家計簿にその単語を書きとめておいてから、女にその意味を尋ねようとしたが、それ以上通話を続けられなかった。女の声に集中できないほど外がうるさかったのだ。まずガラスが割れる強烈な破裂音が鼓膜をつんざき、その後ある人の甲高い声がいつまでも続いた。

＊＊＊

老婆だった。

老婆がポクヒ食堂のガラス扉を何かで割った後、割れたガラスの上にしゃがみこんだまま誰に向かってなのかわからない暴言を吐いていた。濡れた綿のTシャツはだぶだぶに伸びて薄汚れたブラジャーが見えていて、花柄のズボンの片方は膝の上までめくれあがっていた。ふくらはぎと上腕にはガラスによるきり傷がいくつも見えて、傷の周りは血が流れていた。行きかう人々が老婆をじろじろ見たが、老婆は他人を意識する感覚をすでに失っているようだった。近寄ってみると強烈な酒のにおいがふっと漂ってきた。都会のありとあらゆるごみの臭いと汗臭さが混ざった、今まで一度も嗅いだことのない種類の吐き気をもよおすような臭いだった。

「あたしのだって、食堂の中にあるのはみんなあたしのだって言ってんのに、なんで鍵なんかかけるんだよ。誰の差し金だ。ちがうか、三階？」

私が来ているのに気づいたのか、老婆がじろっと私を見上げながらそう聞いてきた。同調してくれというように、乱れたまま顔にひっついた白髪交じりの髪の毛の間で老婆の瞳が切に、そして静かに揺らめいていた。止んでいた雨がまた降りだした。周辺の建物の窓が慌てて閉められ、路地には雨が降る音だけが波のようにうねっていた。薪をたく音に似た雨音だった。

まず雨をよければと思い、老婆の両腕をつかんで立ち上がらせると、あんたのせいだ、と老婆がつぶやいた。

「何がですか？」

「三階、あんたがいじくりまわしたんだ。全部忘れたのに、ほとんど忘れていたのに、あんたのせいでまた思い出したじゃないか、全部、全部！」

雨の冷たさが老婆を少しでも酔いから覚ましてくれたのだろうか。声を荒らげながら、最後は首に血管が浮き出るほど叫んでいた老婆が自力ですっと立ち上がった。老婆は、食堂の中にとぼとぼ歩いて入っていきつぶやき続けた。

「堕ろしすぎた。あまりにもたくさん……」

「……」

「七から先は数えなかった。でも……」

「……」

「でもあたしは知ってる。怖いくらい正確に。全部知ってる……」

「……」

「十一だよ。十一堕ろしたんだ」

「……」

冷蔵庫から焼酎を取り出して瓶のまま飲み干し、袖口で唇をごしごしぬぐいつつも、老婆はひとりごとをやめなかった。私は老婆の言葉が外に漏れないようにとでも思ったのか、割れたガラス扉を背にしたまま老婆を見ていた。老婆と私の視線が虚空でゆるく絡まってからほどけた。

老婆はやがてヨンヒやペク・ポクヒじゃなく、自分の人生について話すのだろう。私はわかっていた。老婆はずっと自分の話をしたがっていたから。私がヨンヒの生涯を知りたがり、聞きたがることにうらやましさを超えて嫉妬を隠せずにいたのだから。老婆もヨンヒと同じくらい年老いていた。老婆にとってよかったこともよくなかったことも、いや、ただ自分がこの世に生きてきたというその事実だけでもいいから誰かに覚えていてほしいと願うくらいには十分に。これからポクヒ食堂は舞台になり、食堂の中に流れ入ってくる街路灯の灯りは俳優を照明になるだろう。私は今、がらがらの客席に座っている観客なのだ。

老婆が話しはじめた。

昔、基地村のクラブで働いていた若いころ、老婆は定期的に妊娠し、妊娠がわかるとすぐに保健所へ行って手術をした。基地村に属していた女たちにとって、その手術は性病検査と同じくらい日常的なことだった。老婆の人生がねじれ始めたのは最後の十一番目の手術の後だった。その手術で、老婆の十一番目の子どもは、今までの十人の子がそうだったようにきちんと取り除かれたが、その代わり老婆の子宮は回復できないほどのダメージを負った。手術を終えた保健所の医師は、これからはもう妊娠できないと告げた。老婆は気にしなかった。こんなくそくらえの世の中に生命を残す気などさらさらなかった。

問題は手術後だった。十一番目の手術をしてからというもの、男と関係をもつたびに快感は消え去り、代わりに身が裂かれるような激しい痛みが始まったのだ。とてもその仕事を続けられなかった。ほとんど不可能だった。商品価値の落ちた老婆のところへやってくる人はもういなかったし、老婆はすぐに小部屋に閉じ込められた。クラブの社長と従業員だけでなく常連客や恋人のようにつき合っていた数人の米軍もみな、一瞬にして彼女に背を向けた。老婆に残ったのはクラブの社長に返さなければならない借金――驚くことにその借金には十一回の手術費用も含まれていた――と向精神薬系列の安い錠剤オプタリドンが何錠かだけだった。老婆は自分はじきに人里離れた薄汚いどこかに売られるのだろうと予感した。

「それで?」

私は冷たく尋ねた。老婆は温かみのない私の声を察することもできないまま、表情をまったく変えずに焼酎をもう一口飲み干すと、空いた椅子にどかっと座りこんだ。ちょうど食堂のガラス扉の外にヘッドライトを点けた車が通り過ぎて老婆の横顔が一瞬明るくなった。ヘッドライトの灯りの中の老婆は一瞬若い女のように見えた。

「逃げたさ、そこから。真夜中にうまく逃げ出してソウル駅で切符を買おうとしたけど、そのときにわかった、あたしには行くところがないって。親も兄弟もみんな捨てて十数年梨泰院で生きてきて、どこへ行こうっていうんだ、いったい。残りの金で酒を浴びるほど買って飲んだら足が勝手に梨泰院にむかってた。クラブの社長に見つかったらおしまいだってこともわかってた。もう死のう、いっそ死のう、そういうつもりだったからね。梨泰院のどこかで靴を脱いでそれを枕にして倒れて寝てたら、あの人が仕事帰りにあたしを見つけたんだ。保健所で何度もあたしのことを見かけたって、あっちから近づいてきた」

「……」

「昨日まで姉さん、姉さんって親しげに呼んでた人もごみみたいにあたしのことを捨てたのに、あの人はあたしのことをよく知りもしないくせに家に連れて帰ってご飯も食べさせてくれて、薬も持ってきてくれたよ。噂にならないように家にずっと隠れてろって。自分の家は安全だって。なんの薬を飲ませたのか、あのオプタリドンもほしくなくなって、しばらくの間は生きた心地がしたよ」

「……」

「そうさ、三階の言うとおり、あたしは本当はペク・ポクスンを知ってる。あたしがその家に行ったときからペク・ポクスンはいたよ。まだあどけない十八の女の子がお腹を膨らませて……。どこかで見かけたことがあったのか、顔に見覚えがあったけど、話をしたのはそのときが初めてで、ペク・ポクスンがこう言ってたっけ、十五のときから工場で働いてたって。それでそのひどい工場であんまり月給を引かれるもんだから職業案内所にいったら梨泰院に流れてくることになったたって」

老婆の話によれば、ペク・ポクスンはそのとき臨月だった。臨月になったペク・ポクスンも性機能を失った老婆のように捨てられてヨンヒの家で保護されていたのだ。

そのある季節、老婆はヨンヒが生計を立てる家族の一員として暮らした。ヨンヒが出勤すると家事をして、出産後ずっと思っていたペク・ポクスンの代わりにペク・ポクヒを抱いてあやしてやったり、沐浴してやったりした。笑った。ペク・ポクヒがいたから老婆はまた笑うことができた。老婆はペク・ポクヒの三番目のお母さんであり、ペク・ポクヒが覚えていないいまだもう一人の家族だった。でも一つの季節が過ぎて老婆がヨンヒの家から逃げ出してきたのは、皮肉にも老婆を笑わせてくれたそのペク・ポクヒのせいだった。ペク・ポクヒを見ると、老婆はこの世の光を見ることもなく消えた十一人の子どもたちを思い出し、それに耐えられなかった。手術道具でずたずたにされたまま取り出されて、その肉と骨はごみ箱に捨てられ、血は下水溝に流れていったあの子たちが生きていたら、殺されていなかったら、ペク・ポクヒのように笑って泣いてぐずって、なんとしてでも生き残っただろうと思うと苦しみが始まった。内臓が腐っていくような苦しみだった。

老婆は、ある日何も言わずにヨンヒの家を出て梨泰院から離れた。今まで離れられなかったというのが嘘みたいに、それこそふらっといなくなってしまったが、ペク・ポクスンが死にペク・ポクヒが養子に出された後にまたヨンヒのところへ戻ってきた。老婆とヨンヒは共に四十代にさしかかり、老婆を探していたクラブの社長は幸い刑務所に入っていていなかった。当時ヨンヒは抜け殻のように家と保健所だけを行き来する生活をしていて、まなざしや表情にはいっさい生気がなかった。一人老いていく中年の女、それがすべてだった。しばらくして今度はヨンヒが梨泰院を離れた。老婆が予感していたことだった。ヨンヒが二十年ぶりに梨泰院に戻ってきて食堂を開くまで、老婆は再びヨンヒに会うことはないだろうと思っていた。

「ペク・ポクスンの墓を探してるだって？　墓はないよ。野山をまるごと崩してその上に家を建て教会を建ててってしして、墓碑も墓石もないペク・ポクスンの墓なんて誰が用意してくれると思ってるんだい。当時はあの人も出ていっていなかったし。ペク・ポクスンの骨粉みたいなものはこの世にないよ、わかるか？」

「……」

「でも、三階、これはどうだい？　あたしはペク・ポクスンが羨ましい。狂いそうになるくらいに羨ましい、あたしは。ペク・ポクスンはポクヒのことだけは守った。守り切った。ポクヒは生きてるじゃないか。生きて、もう大人になって、今度は自分の母親の墓を探してるじゃないか。あたしは一人なのに、死んだってまともに人間扱いなんてされずにどこかの共同墓地の片隅に埋められるにきまってる、終わった人生、そんなふうに終わるにきまってる……」

「……」

「伝えとくれ。あの人が会いたがってたって、それはもう苦しいほど会いたがってたって、今日会えるなら明日死んでもいいくらい会いたがっていた尊い人だって、ポクヒに伝えてやっておくれ……」

「……」

私は聞いているだけだった。表情もなく、どんな思いも抱かないようにしようと必死で、温度も色もない存在のように……。

「それから……」

「……」

「坡州（パジュ）に……坡州に行ってみるようにって」

「……」

「そこの普光寺（ポグアン）とかいう寺にあの人がペク・ポクスンの位牌を預けたんだ。位牌って、死んだ人の名前や死んだ日にちを書いておく木の板だよ。その木の板を死んだ人の魂だと思って法事もして、お祈りもしたりするんだ」

わかるような気がした、そのすべての状況が。私がヨンヒの部屋で通話した女は坡州の管理者なのだろう。ヨンヒは死んでからも守られることのなかったペク・ポクスンのために、木の板一枚にその霊魂が宿る小さな住処を用意してやったのだ。ヨンヒは定期的にその位牌を見に行ったのだろうし、そのたびにペク・ポクスンの平穏と自由を祈ったのだろう。

私は厨房にこつこつ歩いていき、シンク台の二番目の引き出しから、まだ包装紙をはがしていない新しいふきんを一枚見つけた。ふきんを水で濡らしてからまた老婆に近づき、むきだしになった腕やふくらはぎについた血をできるだけやさしく拭きながら、私は自分が老婆に強烈な敵意を感じているのがわかった。その敵意は老婆があんなにもたくさんの生命を見殺しにしたせいだったが、それがすべてではなかった。あの十一人の子どもたちにとっては、この世に足跡一つ残せずに消え去ったほうが、無視されて捨てられるよりもずっとましだったかもしれないというような絶望的なことを、私自身も考えていたからだ。つまり、私が老婆を理解しているということが、敵意を抱きながらも、彼女がそうするしかなかった胸中を察するということが、私の敵意の実体だった。小さな敵意と大きな敵意、二層の敵意……。

「ほら、この話を信じるかね？」

私の複雑な胸の内を知るよしもない老婆は、ひときわおだやかな声で尋ねた。

「あたしは歌って恋して金稼ごうと、自分の足で梨泰院にやってきた。ペク・ポクスンとは違う、完全に違ったんだ。これでもあたしには特権があったんだよ、わかるかい？　あたしは自分が寝たい男としか寝なかったからね。それがあの当時の梨泰院じゃどれくらいすごいことだったか三階、あんたには死んでもわからないだろうよ。内心、けだもの扱いして、情婦だなんだって馬鹿にして嘲笑ってたやつら！　どいつもこいつも！　みんなあたしの言いなりだったんだよ！」

「……」

「あたしの前じゃ頭もあがらねぇ奴らだった、みんな。あの当時、この大韓民国の地であたしくらい自由に生きてた女はいないよ。あたしは！　この世のすべてを思いどおりに、思い切り小馬鹿にしながら生きてた、それなのに！」

「……」

「それなのに……」

「……」

「それなのに、今じゃこの体ひとつしか残ってない。ありったけの汚物のまじった臭いがして、誰も触っちゃくれないこの老いぼれ、なんて不思議なんだろうね、あたしは……。こうやって一瞬にして年老いたってことが、これからもっとわびしくなれるってことが、不思議で、おもしろいんだから。この先まだ生きなきゃならないってこと、明日も目を覚まして起きなきゃならないってこと……」

「……」

老婆が黒い口の中を見せて笑った。

笑っていて、同時にすすり泣いていた。

私はただ老婆の腕とふくらはぎに触れて拭いてやるだけだ。相変わらず老婆の名前は知らないままで、この先も知ることのない名前だった。名前は知らないが、長い時間が流れた後、老婆を思い浮かべるときは、見たことのない若い時代の老婆がまず先に目の前に描かれるだろう。たとえば……。

たとえば、こんな夜の老婆のことが。

老婆、いや女は、ポップスが流れ、にぎやかな笑い声で浮きたったクラブからふらつきながら出てきて壁によりかかる。まだ酒におぼれていなかったころ、今のように浅黒い顔でもなく、歯もしっかりしていて体からは化粧品のにおいしかしなかった時代の女は、愛され方を知っている猫のようにけだるく見える。クラブの看板のチカチカしたネオンサインが厚化粧の女の顔にゆらめき、女は壁の隙間から咲いた黄色い花一輪をじっと見つめ、腰をかがめて花を折る。クラブの中では、女と寝たがっている男たちが大きな声で女の名前を呼んでいる。女は折った花を地面に捨てると、悲しみに満ちた笑顔で後ろを振り返る。女は彼らのうちの誰のことも愛していない。誰も自分を所有したり支配できないのだと信じている。

遠い未来のいつの日か、おそらくいつになく深い孤独が押し寄せてきたら、私の孤独は老婆の昔の一日を借りて完成するのだろう。私のものなのか、老婆のものなのかわからない、あっちに転がってからまたこっちに転がる糸玉のような孤独が。人生は夢かうつつか、見分けがつかないほど一瞬で過ぎ去り、その底にとどまり残るのはさびしくて苦しいもの……。

悪いけど、ときにそれが人生ってものなのよ、我が子よ。

18

そして一週間後、ペク・ポクヒが韓国に来た。

空港にはソヨンとソユル、そしてウンがみな同行した。私とペク・ポクヒが出会うシーンを撮影するためだったが、ペク・ポクヒはソヨンの映画を紹介する私のメールに、撮影を許可すると返事をよこしてあった。

入国ゲートに出てくる人たちの中から、私は一目でペク・ポクヒを見つけた。ペク・ポクヒが返事と一緒に添付してくれた写真で最近の彼女の姿を事前に確認していたのと、それがなかったとしても、今のペク・ポクヒの中に、ヨンヒが見せてくれた写真の幼いペク・ポクヒの顔を見つけるのは難しくなかった。ペク・ポクヒはおそらくペク・ポクスンから目と唇の形を譲り受けたのだろう。地黒の肌や天然パーマの髪の毛のせいで一目で黒人だとわかるが、よく見てみると、東洋人の面影もしっかりと残っていた。私とナンバーワン似ている人……。ヨンヒがペク・ポクヒの写真を見せてくれながらそう言ったときは、心情的にそう感じているにすぎないと思っていたが、今はその意味が少しわかる気がした。肌の色や体形は違っても、私たちの顔を重ねてみたら、いくつもの線が自然と重なる気がした。そんなことを思っている間、突然起きたあの夜の停電と、ろうそくに導かれるようにして歩いていったこと、壁にゆらめいていたヨンヒの影、そして私の心を落ち着かせてくれた白純豆腐スープの味が続けて思い浮かんだ。

手を振ると、ペク・ポクヒはすぐに私のほうに歩いてきて、私たちは笑いながらハグをした。ソヨンのカメラはランプがついていて、ソユルとウンはそれぞれ撮影機材のマイクやレフ版を持ちあげた。彼女と私の会話はこれ以上ないほどに自然だったが、それはペク・ポクヒの言葉がフランス語だったこともあるし、彼女の表現に豊かな感情が込められていたからでもあった。いつも北極みたいに寒かった記憶の中の韓国がブリュッセルよりも暑いなんて信じられないと言いながら、明らかに驚いた表情を見せ、一緒に暮らしている彼氏を連れてこようとしたが、仕事が忙しくてこられなかったと話すときには、表情全体から残念そうな様子がありありと伝わってきた。メールでペク・ポクスンの位牌について知っていたペク・ポクヒは、坡州のお寺には、ホテルに荷物をおいて明日一人で行ってみようと思うとつけ加えた。もちろん彼女には、ホテルよりも先に行くべき場所がもう一つあるにはあった。私が彼女をそこまで連れていくつもりだった。

空港鉄道の中でペク・ポクヒと私は並んで座った。彼女はナナの代わりにムンジュと私を呼んだが、ふと、私は彼女が「ポクヒ」という名前の意味を知っているのか気になった。

「意味は知っています。でも漢字については何も知らないんです」

ペク・ポクヒが答えると、そばに立っていたウンが手帳に何かを書いてからペク・ポクヒに渡した。手帳には「白福禧」と書かれていて、ペク・ポクヒはウンからその漢字が自分の名前だと聞くと子どものように手を叩いて喜んだ。ウンの手帳をのぞき込むペク・ポクヒの顔は、すぐに真剣な表情になった。何かを思い出したように眉間にしわを寄せて、ときどき手のひらで顔をこすったりもした。ポクスンの「福（ポク）」とヨンヒの「禧（ヒ）」をあわせた名前がポクヒだということを彼女が知らないはずはなかった。いま彼女は私も想像したことのあるあの場面の中にいるのだろう。若いヨンヒと幼いペク・ポクスンが浅黒い赤ん坊をじっと見下ろしながら名前について相談している場面、そうしてそのうちの誰かがそれぞれの名前から一文字ずつとって「福禧（ポクヒ）」と提案して、もう一人はすぐに同意したのだろう。ペク・ポクヒ、一つの命を絶対に守るんだという二人の願いが合わさった名前……。

私はペク・ポクヒに、ヨンヒが養子縁組の手続きをしてから数年後に梨泰院を去って、二十年ぶりに帰ってきて食堂を開いたのだが、その食堂の名前もポクヒだと教えてやった。ペク・ポクヒはにこっと笑って食堂の住所を尋ねると、スマホのグーグルマップで場所を確かめもした。老婆が聞かせてくれた話は伝えられなかった。ヨンヒとペク・ポクスンが出会った過程や老婆が一時期ペク・ポクヒの世話をしていたことを話すとなると、ペク・ポクスンの職業を明かさないわけにはいかず、それは私には絶対できないことだった。もちろんペク・ポクヒはペク・ポクスンの職業を知っていた。梨泰院という居住地やペク・ポクヒの肌の色がペク・ポクスンに関するあまりにも確かな手がかりだったこともあり、誰だろうとペク・ポクヒを通じてペク・ポクスンが何をしていたかは把握できた。自分の母親がどう呼ばれていたのか、どんな待遇を受けてどんなふうに生きてきたのかわかったとき、ペク・ポクヒの苦しみが始まったのだろう。誰一人として、理解できる、などとさしでがましいことを言ってはならない類いの苦しみが……。

＊＊＊

ペク・ポクヒとヨンヒ、二人だけの時間のために、ほかの人たちは病室の外に出ることにした。私はペク・ポクヒにヨンヒがこの夏を越すのはむずかしそうだという医師の診断は言えないままだったが、ヨンヒの年齢と病状を考えると、この再会が最後になるだろうというのは彼女も十分にわかっていたはずだ。

ペク・ポクヒは一時間ほどして病室から出てきた。

病室にいる間、説明しがたいさまざまな感情に耐えたペク・ポクヒは疲れているように見えたが、すぐに特有の凛とした姿に戻って私の肩をさすりながら大丈夫だと言った。

「私はほんとに大丈夫、ムンジュ。病気なのは私じゃなくてヨンヒなんだから」

声帯ではなく心から出たその声は、それでもわずかに震えていた。

ペク・ポクヒが予約したホテルは病院からそれほど遠くなく、自然と夕食を一緒に食べようということになった。ペク・ポクヒにベルギーにいてどうしても食べたかった韓国料理はあるかと尋ねると、彼女はじっくり考えてから韓国語で「チャジャンミョン」と答え、その返事に、そばにいたソヨンとソユル、ウンは同時に同じ質感の微笑みを浮かべた。ペク・ポクヒと私がその微笑みの意味を尋ねると、韓国の人にとってその料理、ジャージャー麺は少なくとも一つ以上の思い出とセットになっているもので、ポクヒさんが一番食べたかった料理に選んだのが嬉しいし不思議でもあって、とソユルが英語で説明してくれた。言われてみれば、チョン・ウシク機関士の家でも、孤児院でも、特別な日には中華料理屋に行ってその料理を食べたものだった。

「ペク・ポクスンさんのお墓が残っていないのは残念です」

病院から中華料理屋にむかってゆっくり歩きながら、私はペク・ポクヒの様子をうかがいつつ静かに言った。ずっと心にひっかかっていた言葉だった。

「どうせお墓の中の遺骨も無機質なものなんだから。お母さんの魂が真っ暗で息苦しい棺じゃなくて、光や風のあたる位牌という木の板に宿っているなら、私はそのほうがよかったって思ってます」

ペク・ポクヒはそう答えるとそっと笑った。私はつい彼女につられて笑いながらも、位牌すら残らないヨンヒの死後を思わずにいられなかった。誰かがヨンヒの位牌を立てかけておいて、命日のたびに訪ねていき彼女を思い出してくれる可能性はなさそうだった。老婆にはそれだけの経済的な余裕がなかったし、一時的にこの国に滞在しているペク・ポクヒと私はヨンヒの死後の責任をとれる状況ではないうえに、そうしなければならない理由もなかった。フランスに帰ったら、はたして私がどれくらいヨンヒを思い出すだろうかというのも、すでに懐疑的だった。誰もが、この世と惜別するときは丸裸の子どものようにさびしい存在になるのだということを知りながらも、地面を踏みしめる両足が突然ぐらついた。

中華料理屋で一緒に夕食を食べてから、私はペク・ポクヒを市庁駅（シチョン）のそばにあるホテルまで送った。市庁駅に向かって歩いていると、ペク・ポクヒをじろっと見ていく人たちの視線をいくつも感じた。ペク・ポクヒが同意も許可もしていないのに、その生まれに排他的な好奇心を見せる無神経な暴力の視線だった。ペク・ポクヒはその視線に耐えかねたのか疲れた顔をして、壁側に沿って立っていたものだった。

ホテルについてチェックインを済ませ、スーツケースを引いてエレベーターに乗っていく間、ペク・ポクヒは相変わらず疲れた顔で何度も振り返った。ペク・ポクヒとして生まれたがステファニーとして生きてきた、私とナンバーワン似ている女。私たちの似た部分は目元や口元だけではなかったはずだ。人生のある場面で、私たちは同じ姿勢で同じ表情で同じことを考えながら透明な壁の前で幾度となく立ちつくしていたのだろう。顔の作りではなく、折り曲げられた人生の片隅があまりにも似ている二人、私はそう思った。

19

ペク・ポクヒが韓国に来てから二日後、ムンギョンからまた会いたいという連絡をもらった。約束の場所にした合井のコーヒーショップに着いてから、私はなかなかじっとしていられずテーブルの周りをうろうろしていた。ムンギョンが連れてくるという人のためだった。コーヒーショップのカウンターの中ではソヨンとソユル、それからウンがカメラの位置について相談しているところだった。彼らが話し終えてコーヒーショップの片隅のテーブルで撮影の準備をしているとき、ちょうど扉の開く音が後ろから聞こえてきた。

少しでも早く彼女に会いたい気持ちとは裏腹に、立ち止まったまま振り返り、扉のほうを見つめている一つひとつの動作は信じられないほどゆっくりしていた。ムンギョンが彼女を支えながらゆっくりと私のほうに近づいてきていた。私と目が合うとチッチッと舌打ちしていたくせに、毎晩きれいにお風呂にいれてくれてよく眠れるようにお腹をさすってくれた、食卓に私がいるのが気に入らなくても、家中に濡れた木のにおいが広がる雨の日には、きびという穀物で料理をしてくれた彼女……。

「アガ……」

彼女が近づいてきて私をそう呼んだ。その瞬間、記憶と忘却の境界のどこかにあったボリューム装置が大きくなって、過去のいくつかのシーンから「アガ」という声が鐘の音のように鳴り響きはじめた。彼女はとくに機嫌のいい日や反対に酒を飲んで悲しそうに見える日には、私をムンジュの代わりにアガと呼び、そういうときの彼女の声はやさしかった。今、あのときの彼女の言葉がこうしてよみがえっていた。アガ、ナムルもちゃんと食べないと大きくならないよ。アガ、お前も夜通し悪い夢でも見たのかい？　何があっても幸せになるんだよ、幸せになりなさい、アガ。

「なんてこと、こんなことが。アガ、ほんとうにあの子なのかい？」

立てつづけに尋ねる彼女が片手で私の頬をさすった。痩せこけた手だった。手だけでなく身幅からしてあまりにも小さく痩せていて私は混乱した。記憶の中の彼女はがっしりした体格でお腹や腰まわりのシルエットは丸く、重たいものを頭上に乗せて運んでも姿勢はしゃんとしていて足取りも速かった。私がフランスでアンリとリサの娘になり、俳優であり劇作家になるまでの間に、彼女は腰の曲がったぱさぱさに乾いた老人になってしまった。彼女が、一般的な速度よりも急速に老けこんでしまったのだとしたら、それは、息子を亡くしてからの歳月が、彼女を痛めつけるようにして流れていったからかもしれないと思った。

「お元気でしたか？」

「ウシクはここにいないんだよ。会えない。ウシクはいない」

頬に触れている彼女の手の甲に私の手を重ねて挨拶をすると、彼女はうるんだ瞳で私を見つめながら、質問とはかけ離れた返事をした。彼女の耳が遠いと言っていたムンギョンの言葉を改めて思い出した。いない、いない、いない、と繰り返し言ってからも彼女は私の頬から手を離さなかった。

彼女が落ち着くまで待って、やっと私たち三人は座ることができた。その間に彼女のそばに座っているムンギョンは、残念ながらおばあさんも「ムンジュ」の漢字の意味はわからないのだと、代わりに伝えてくれた。ソヨンのカメラにはランプがついていて、ソユルとウンもそれぞれ撮影機材を手にして位置と角度を調節した。

「ウシクがムンジュって呼ぶから、ただムンジュなのかと思ってた」

今度はムンギョンの言ったことをすぐに聞き取ったのか、彼女が後から言った。関係ないと思った。ムンジュが門柱だろうと、埃だろうと、あるいはチョン・ウシク機関士が電話帳をめくって適当に選んだ一種の記号にすぎないものだろうと、もう関係ないと、私は彼女とムンギョンに正直に伝えた。線路で発見した子をムンジュと呼んでおきながら一瞬にして変化したチョン・ウシク機関士の心情だとか、歳月が流れ、どこかで似たような名前を耳にしたときに彼の中で生まれ、動いた感覚だとか、そもそも私が知りたかったのはムンジュの意味ではなく、そういうものだったのかもしれなかった。もう誰も知らないスクリーンの外の話だった。

「あのとき、意味を聞こうとすら思わなかった。お前にとって、それがそんなに大事なことだと気がつけなくて、すまなかったね、アガ……」

彼女がまた言った。私は謝る必要はないと答えて、私にできるのは精一杯、明るく笑って見せることだったが、彼女はその昔には見たことのない深くうなだれた姿で何度も自分のせいだと繰り返した。

「あ、そういえばおばあちゃんが言うには、お父さんが清凉里駅の待合室でムンジュさんを最初に見たんだそうです」

ムンギョンは別の話を持ち出した。自分がたった今言ったことが、私の人生でどんな重みを持つのか知るよしもないムンギョンの口調はいつもと変わらなかったが、私はすでに胸の片隅が崩れおちてしまいそうだった。ムンギョンの手を力強くつかんで待合室の話をもっと聞かせてくれと言うと、はっとして私の切実さを読み取ったのか、ムンギョンが慌てて彼女の耳に唇をあてて、一段高い声で尋ねた。

「あのときムンジュさんが赤いワンピースを着てて、お父さんの目にぱっと入ってきたって、そう話してましたよね、おばあちゃん?」

彼女が、ゆっくりと、うなずいた。

つまりだから、チョン・ウシク機関士が私を最初に見つけた場所は線路ではなく、待合室だったのだ。保護者もいないおぼつかない足取りで、匿名の空間である待合室を行き来する赤いワンピース姿の女の子ならたしかに目立ったはずだ。いつものように駅に出勤して待合室を横ぎる間、彼は私を注視していて、機関室の運転席についてからも赤いワンピースのことを考えていたのだろう。あの当時、機関室はいつも排気ガスとデシベル数の高い騒音で騒がしく、一瞬で冷静な判断をすることはむずかしかったはずだとムンギョンは説明した。すべての感覚が鈍くなる劣悪な機関室で、彼が線路にしゃがんでいた赤い服を見るやいなや急停車したのは、おそらく待合室ですでに私を目撃していたためだとも言った。まるで自分を見てくれといわんばかりに強烈な色に包まれていた、小さくてかよわい生命体……。

線路に捨てられていたのではなかったかもしれないというソヨンの疑問は、今、可能性ではなく事実として証明されたことになる。線路を前提に積み重ねてきた私の傷は、からっぽの構造物になって、私は生母についてまた定義しなおさなければならなくなった。過去から嘆願されて、今ようやく少しでも汚名をすすいだ、少なくとも私を傷つけたり、死なせようとするつもりはなかった人、に……。

＊＊＊

「お名前をうかがいたいんですが」

私は彼女のほうを見てもう一度言った。今回もムンギョンが質問を彼女に伝えてくれて、彼女は以前とは違う色の瞳で私を見つめながらゆっくりと答えた。

「スジャ、パク・スジャ」

「……」

「父親がつけてくれた名前でね。いやだ、自分からパク・スジャだって言うのは、もう本当に久しぶりだよ」

彼女、いやパク・スジャはコーヒーショップに入ってきてから初めて明るく笑って答えた。隣でムンギョンが、おばあちゃんの時代は日本の影響で女性の名前に子(ジャ)をつけることが多かったと話すと、パク・スジャが私の右手を握って自分のほうにすばやく引き寄せ、手のひらに何かをゆっくりと書き始めた。漢字の「秀」だと、秀でて美しいという意味なのだと、ムンギョンが説明してくれた。

パク・スジャは私の手のひらにすぐに別の漢字をぎゅっと力を入れて書いたが、その漢字は友(ウ)と植(シク)だと、ムンギョンがまた教えてくれた。パク・スジャが書いた文字が消えてしまわないように、手のひらに書き残された彼女の感触とぬくもりをいつまでも大切にするんだとばかりに、私は手のひらをありったけの力で握りしめた。二度と会えない人との最後の再会、いま私はペク・ポクヒがヨンヒの病室でどんな質感のわびしさに耐えていたのか、わかる気がした。

その日の午後に、私はパク・スジャとムンギョンの車に乗ってパク・スジャの故郷でありチョン・ウシク機関士の遺骨が安置されている寧越の納骨堂に行った。ソヨンはウンの父親から借りた車にソユルとウンを乗せて寧越に来てから撮影を続ける予定だった。

三時間かかった長旅の最後に納骨堂に着くと、パク・スジャがムンギョンより前を歩きながら一行を案内し始めた。木がうっそうと茂る坂道を過ぎると薄いグレーの四階建ての建物が見えた。二階の窓側にあるチョン・ウシク機関士の引き出しほどの大きさの納骨箱の前に立って、私はその中に並べられた花瓶や十字架、いくつかの写真立て、遺骨の入った白い骨壺を順に眺めた。パク・スジャがその地黒の手で納骨箱のガラス窓を開けると、写真立ての一つを取り出して何回か手のひらでこすってから私に差し出した。写真立ての中には、見たことのない年取ったチョン・ウシクの顔が入っていた。目を閉じてみた。生菓子の砂糖の味、彼におぶられるたびに胸に触れたごつごつした骨の感触、そしてムンジュを呼ぶ若々しい声……。その感覚の後ろには、結婚をして子どもをもうけ、病にかかって死んだ一人の生涯が、誰も踏んでいない雪の積もった道のように広がっていた。私に残った感覚と私が見たことのない姿をあわせてみると、写真の中の男になった。

私はその写真立てを胸に抱いて、しばらくの間立ち尽くしていた。

私の周りはしばし暗転していた。

その日ムンギョンはパク・スジャの家に泊まることになっていたので、私はソヨンが運転してきたウンの父親の車に乗って戻ってきた。別れ際にムンギョンが私に言った。

「お父さんは紋様の意味がある『紋（ムン）』という字が好きだったみたいなんです。だからムンジュさんにもその文字の入った名前をつけたんじゃないかと。『ムン』が紋様なら、残るのは『ジュ』ですけど、私が思うに、お父さんは宇宙の『宙』を思ってつけたんじゃないかと思うんです」

「宇宙ですか？」

私は、笑いながら尋ねるしかなかった。「宇宙の紋様」が、私にとってどれほど驚くべき偶然の産物なのか、知るよしもないムンギョンは、真剣に話し続けた。

「日差しの紋様と宇宙の紋様、もし私たちが姉妹として育っていたら、姉や妹の名前としてこれ以上ない名前だと思ったはずです」

言われてみれば、紋宙（ムンジュ）と宇宙（ウジュ）もやはり一文字ずつ重なるパターンだった。それに木の葉を通過した日差しのもとでウジュという名前を思いついたのだから、ウジュとムンギョンも緊密につながっているといってもいいだろう。ムンギョンの推理が間違っていたとしても、私はそれを信じたかったし、実際に納骨堂を出てくるとき私はすでにそれを信じていた。

別れのときがきた。

最後の挨拶をしていると、パク・スジャがコーヒーショップのときのように、痩せ細った手で私の頬をさすりながら、私と赤ちゃんどちらも絶対に健康でいるようにと念を押した。私にとってその言葉は、これからもずっと生き残るようにという言づてのように聞こえた。わかったとか、ありがとうと言いたかったが、最後までその言葉が出てこなかった。

ムンギョンに脇を支えられながら車に乗るとき、パク・スジャがしばし立ち止まって私のほうを振り返った。パク・スジャが見つめているのは私ではなく、彼女にしか見えない私の体内にある光にちがいなかった。その光は彼女の息子が灯し、守り抜いたものなのだから、彼女には生きている私を見守る権利があった。少ししてムンギョンの車が出発するのを見届けながら、ヨンヒが私の中にペク・ポクヒを見つけたように、私もヨンヒの中にパク・スジャを、そしてときにリサを見ていたことをゆっくりと思い出した。私の中の光がヨンヒに移っていったとしたら、それはパク・スジャとリサの力でもあった。

その日の夕方高速道路でソウルに戻る途中、携帯電話でペク・ポクヒのメールを確認した。彼女が財務スタッフとして働く会社に問題が起きて、連絡もできないまま急遽帰国しなくてはならないという内容で始まるメールだった。

＊＊＊

――そういうわけで、ものすごく残念だけれど、予定していた飛行機を今日の夜の便に変えることになりました。

でもムンジュ、この三日間、坡州のお寺とヨンヒの病室を行き来して、いつになく私は満たされていたと自信を持って言えます。この三日間のない私の人生は、これからはもう想像できないでしょう。昨日はポクヒ食堂にもちょっと行ってきました。ポクヒ食堂の三階に滞在しているというあなたがそのときは家にいなかったので挨拶できなかったけれど。でもポクヒ食堂だなんて、看板を見つけた瞬間、どれくらい笑ったことか。

本当は、その町を訪ねるにはずいぶん勇気がいりました。想像できるでしょうか、私みたいな生まれの子が一九八〇年代の韓国でどんな扱いを受けたか……。

私がほかの人たちと見た目が違うのはいつもわかっていたけれど、それが虐待に近い差別の根拠にもなるとわかったのは学校に入ってからです。学校で私は、同じクラスの子たちから名前で呼ばれたことはありませんでした。私を呼ぶあだ名は本当にいろいろあって、しかも毎日増えていきました。大部分が性的な羞恥心を呼び起こしたり、侮辱するようなひどいあだ名でした。まだ十歳にもならない子どもたちがどこでそんな呼び名を覚えてきたのでしょう。学校に入ってから、体や心が傷つかずに無事に過ごせた日はただの一日もありませんでした。家に帰ってくると、私は灯りもつけずに部屋の片隅に座って食べることも眠ることもせずにヨンヒが帰ってくるのだけを待っていました。
思えば、ただ私自身を憎む力でもって耐えていた時間でした。差別で満ちた世界やそういう世界に私を産み落とした両親ではなく、ただ生まれてきただけの自分自身を憎んでいた時期でした。その時期に私にとってヨンヒは単なる保護者ではなく、友人であり治療士で、この地球上で私と共存するたった一人の人でした。保健所から家に帰ってきたヨンヒがその日、私の体にできたあざや傷を消毒して治療してから私を抱きしめてくれること、それはヨンヒと私の大切な日課でした。過ぎ去るのだと、人生で過ぎ去らないものはないのだと、そういうときにヨンヒがよく言っていて、私はそう言われてやっと息ができたのです。わかっています。そういう過程を経て、ヨンヒもやはり疲労していったことを。わかっていたのに、私は気づかぬふりをしました。ヨンヒの苦しみよりも私の苦しみのほうがもっと大きかったから、いや大きく見えたから、彼女が私を慰めるのを当然だと思っていたのです。

韓国についた初日、病室で意識のないまま横になっていたヨンヒを見た瞬間、長い間忘れていたある場面をぼんやり思い出しました。真冬、おしっこで凍ってしまったズボンを穿いてふらふらしながら家に帰ってきた私を、遠くからヨンヒが眺めている場面でした。私は学校でトイレを使えなくて、トイレでは教室よりももっとひどい露骨な暴言や暴力をふるわれたので。その日は結局漏らしてしまって、その状態でチャイムが鳴るまで待ってから家に帰ってきたところをヨンヒと鉢合わせしたのです。あの日くらいヨンヒが怒ったところは見たことがありません。私を家に連れていって服を脱がせて、荒い手つきでシャワーをさせて、でも不思議と怖くなかったんです。それより悲しかったし、ヨンヒが可哀そうでした。あのときヨンヒはずっと泣いていたのです。

ちょうどその日だったと思います、ヨンヒが養子縁組を決意したのは。私はこのあいだの手紙でヨンヒが養子縁組を選んだ理由を理解できないと書いたけれど、本当は理解したくなかったから理解しようとしなかったのかもしれません。病室でその場面を思い出したら、やっと、ヨンヒが私にしてくれたように、ヨンヒを抱きしめてあげたいという勇気が、いえ、願いが、私の中にこみあげてきはじめたのです。体をかがめてヨンヒを抱きしめた瞬間、私は感じました、私が抱きしめた人はヨンヒであると同時にあのときの私でもあると。

こんな機会を与えてくれたあなたにありがとう。この感謝の気持ちはどんな言葉でも言い表せないくらいで、私は心からあなたを尊敬しているし、私たちがまた会うとしたらそれは、私が過去を振り返っても辛くならないくらいに十分幸せなときになるんじゃないかと思います。あなたも、うっすらと見当はついていたかもしれないけれど、私はもうじき会社を休職して手術を受けます。手術が終わったら、長い長い抗がん治療が始まるでしょう。その過程が私の人生に荒廃とした影を落としても、未来の私は幸せになると確信しています。私は生き残るし、誰よりも幸せになります。

ムンジュ、私はその日を待ち望んでいます。はるか遠い日に、私が先にあなたに電話をして元気かと尋ねて、会おうと、今すぐ会って何か食べて飲もうと言いだすその日を。

その日が来るまで、遠くからあなたとあなたの赤ちゃんの健康を祈っています。

心をこめて、ペク・ポクヒ

20

ヨンヒが死んだ。

ペク・ポクヒがベルギーに帰って四日目になる日の朝、ヨンヒの病室に立ち寄って尿パックを空けてから彼女の手足をもんであげるときに手先が震えているのを感じた。いつもとは違う種類の震えだとわかった。ヨンヒの体だけでなく時間を貫通する震えだと思った。その始まりと終わりのわからない時間の真ん中で漂流していて難破した船のように、どうすることもできずに水没していく一人の人間の体から伝わってくる震え……。

私は反射的に何歩か後ずさりして、しばらく固まったままじっとヨンヒを見下ろしていた。深い眠りについているような無防備な顔はそのままだったが、代わりにヨンヒの周りには以前は感じたことのない気運が流れていた。冷え冷えとしていた。冷たくても穏やかな気運だった。ヨンヒはすでに旅立つ準備をすべて終えて、誰かを待っていたのだろうか。もしかしたらペク・

ポクヒがこの病室にやってきたその日から、ヨンヒはずっとこの瞬間を準備していたのかもしれなかった。

私は再びヨンヒの前に座り、すぐに私が直面するであろう巨大な悲しみを予感しながらヨンヒの手を握った。彼女の手がびっくりするくらい冷たいことが私の胸を痛めた。私はずっと前にアンリにそうしたようにヨンヒの手のひらに子猫のように長いあいだ顔をこすりつけた。目を閉じた。消耗しきった体を捨てて、もうじき無形の暗黒に到着するだろうヨンヒは、種や煙のように、あるいは一握りの物質だったりエネルギーになって永遠の旅を始めるのだろう。数十億年の進化をさかのぼって、この世にやってくる前、一つの細胞になる前から彼女がそうしてきたように。

「本当にご苦労さま、今まで本当に……」私は言った。

「……」

「今日という日まで……」

「……」

「さようなら」

「……」

「さよなら」

「……」

「さよなら……」

さよなら、さよなら、何度もささやきながらヨンヒの胸に顔をうずめた瞬間、最後の挨拶のようにヨンヒの手がびくっとした。ゆっくりと目を開けた。同じ階の患者たちとその保護者、何人かの看病人が病室の入り口に集まってきているのが見えた。様子を見にきた看護師がすぐに医師を連れてきた。担当医師は終始一貫、厳粛にヨンヒの脈拍と瞳孔をチェックして聴診した。彼が死亡診断を下すと隣にいた看護師はカルテに臨終時間を記録し、インターンと思われる若い医師たちはヨンヒの体から透明だったり不透明だったりする管を外していった。医師たちが帰った後は、体格のいい男性二人が病室に入ってきてヨンヒの体を白いガウンで覆って移動用のベッドに移して霊安室に連れていった。

すべてが一瞬のうちに起きたせいで私は何一つ実感がわかないままヨンヒのベッドに腰かけて、まるで誰かを待っているように病室の窓の外を呆然と眺めていた。ヨンヒが旅立った病室がスクリーンの中なのか外なのか、いくら考えてもわからなかった。はっきりとわかっていることはただ一つ、ヨンヒはもうこの病室に存在しないということだけだった。

ヨンヒが死んだ。

＊＊＊

ヨンヒが死んだ。

私が知っているなどとはとても言えない、ある幕と幕を通り過ぎてヨンヒが死に、それはチュ・ヨンヒという一人の宇宙が終わったことを意味した。

病室の窓の外に風が吹くたびに白くたち上っていたかと思えば沈殿物のように沈む埃が、目の前にたしかに見えた。どこかに向かってせわしそうに歩いていく医師と看護師たち、散歩をしたり、三、四人で集まって話をしている患者たち、大人たちの間を走り回る子どもたち……。風景は生きていた。生きていることを証明する声と笑い声、そして足音が、埃に混ざってあちこちで小さな渦を作っていた。ベッドのシーツにはまだヨンヒのにおいとぬくもりがしみついているのに、たった今、その存在は不在に変わり、それは決して元に戻せないことを、窓の外の世界はとても納得できないでいるようだった。いまヨンヒを証明するのは、医師が署名した死亡診断書と行政機関の直印が押された死亡届、身元と関連した各種書類の抹消申請書、相続などの登記書類や相続人の保険金受領確認証、そしてその保険金とポクヒ食堂の保証金で支払いを済ませた病院費の領収証、わずかばかりのこうした紙の束だけだった。それすらも存在の始まりではなく、その終わりに関する証明だった。

時間が過ぎていった。

お昼ごろ、私にヨンヒの呼吸状態をチェックしてほしいとお願いしていたあのあどけない看護師が病室に立ち寄った。私のそばにきて座りながら、おばあさんのことを聞いたという彼女の声は暗く沈んでいた。私はまだヨンヒの死を受け入れられないでいるから、ある意味、彼女はヨンヒの死を一番初めに哀悼してくれた弔問客だった。看護師はヨンヒの妹と連絡がついたと続けて言った。あちらでは葬儀を省略したまますぐに火葬にするのだと、火葬したら遺骨を納骨堂に安置する代わりに山や野原に撒くようだと伝えてくれた。ヨンヒはその霊魂が宿る小さな隠れ家ひとつ残さずに、それこそ絶縁という形でこの世界から旅立つことになる。ヨンヒはあまりにも完璧に一人だったし、私が思っていたよりもずっと、はるかに孤独な人だったということが、いつにもまして身に迫って感じられた。

何かをもっと言おうとして何度もためらっていた看護師が、私と目が合うとようやくこの病室に入ってくる患者が待っているのだと教えてくれた。看護師のその言葉は、あの扉の外で新たな死が待っているという意味に翻訳されて聞こえた。病室はスクリーンの中や外ではなく、ただ生と死の間の待合室なのかもしれなかった。私はすぐにベッドから立ち上がった。いつからか私に出会ったほとんどの人が言うように、看護師も私に、安産を祈っていますと言い残して戻っていった。

タオルや下着を一か所に集めて捨てて、おむつやウェットティッシュのような物は共同看病人に渡すともうすることはなかった。病室を出る前に、じきに別の人が使うベッドをじっと見つめた。永遠からきて永遠に向かっていく日差しがベッドの周りで波打っていた。私が永遠の死を前に証人になろうと決心したことを改めて思い出した。たった今、ヨンヒの死を見届ける役割を最後までやり遂げたのだから、あとは、その死をこの世に知らせ皆で哀悼することだった。**この世から旅立つヨンヒをきちんと見送ること、それが私のもとへやってくるお前を迎え入れる私だけのやり方なのだから……。**

＊＊＊

病院から出てきてスーパーに立ち寄り、牛肉とサーモン、パスタ、玉ねぎときのこに人参、それからクリームソースとバジルを買った。タクシーに乗ってポクヒ食堂の前に着くとガラス扉は老婆が割ったままになっていた。割れたガラスを踏みしめて食堂の中に入って、厨房で牛肉とサーモンを下ごしらえして野菜を洗った。

わからなかった。

少なくともペク・ポクヒに関しては、何が一番いいのかまったくわからず、料理の下ごしらえをしている間中考えて、また考えた。ペク・ポクヒにヨンヒの死を知らせないことにした私の判断は間違っていたと疑いたかったが、その反対の判断はできるはずがないこともまた知っていた。ペク・ポクヒの言葉どおり彼女は生き残るだろうし、私たちはとても長い時間が流れた後に、フランスかベルギーのどこかの都市で会ってヨンヒの死について話すだろう。その日が来たら、私はペク・ポクヒにヨンヒがいつどうやって息を引き取ったのか一つひとつ説明するだろうし、その瞬間の病室の風景や私がヨンヒに最後に伝えた言葉について話すだろう。韓国を発つときにペク・ポクヒは、私たちが向き合う未来のそんな小さな空間だけが、自分の過去に対する最後の礼儀だと思っていたはずだし、私はそんなペク・ポクヒを理解した。理解したから、ペク・ポクヒに電話をしていいものかとこんなにも悩むのかもしれない。下ごしらえを終えるころ、私は結局、ペク・ポクヒに電話をしないとはっきり決めた。真実を知るのを先延ばしにすることで守られるものがある、それもまた人生の一部だと、私は信じることにした。

料理はゆっくりとできあがっていった。牛肉のシチューとサーモンステーキ、クリームソースパスタを一つずつテーブルに並べていると、招待した人たちがいちどきにポクヒ食堂に入ってきた、ソヨンとソユルは菊の花とワインを買ってきて、ウンは長い楕円形の形をした照明を持ってきた。私が照明を気にかけているとウンが弔燈だと答え、弔燈は人の死を知らせる標識で喪中のときはずっとつけておかなければならないと説明してくれた。ウンが椅子に乗って食堂の入り口に弔燈をつけている間、私は神秘的なその灯りをぼうっと見上げていた。児童福祉会の職員は弔燈がかけられた直後に、酒を一本もって現れた。

私たちはすぐに食事を始めた。私は、誰も座っていない椅子の前にも食事を置き、お客たちはまるでその空席に誰かがいるかのように何度もその席を見つめながら、ゆっくりと料理を食べてワインや清酒を飲んだ。とばりが下りて弔燈の黄色い灯りが食堂の中に広がってくると私たちの静かなテーブルをそっと取り囲んだ。その光は死の標識ではなく、むしろ生の枠を囲んで守ってくれる薄い膜のようだと私は思った。

食事が終わっても誰も帰らずにヨンヒが主人公の夕食のテーブルを見守った。ソユルは私のためにあたたかいお茶を淹れて、児童福祉会の職員は近くの店で買ってきたすいかを食べやすい大きさに切って食卓に乗せ、ソヨンとウンは最近公開になった映画を話題に時ならぬ論争を始めた。その賑わいがよかった。片手であごを支えたまま、ほほえましいやりとりを見守りつつそっと笑ったりもした。

夜が深まるといつものように老婆がリヤカーを引いて現れた。私が待っていた最後の弔問客だった。老婆は食堂に入ってくる代わりに、今までになくまっすぐなしゃんとした姿勢でしばらくの間弔燈を見上げていた。黄色い光の球は老婆の顔と体の隅々に濃度の異なる陰影をつくり、広い円を描いて地面にしみ込んでいった。

「あの人のタンスに藍色のツーピースがあったんだ。ビニールをかぶってる。下駄箱の一番奥のほうにある黒い靴と赤い傘も、みんな持ってきとくれよ」

私が近づくと、老婆は弔燈から視線をそらさずに淡々とした声で頼んできた。

私はヨンヒの部屋に行ってタンスを開けて、老婆が教えてくれた服を探した。買ったまま一度も着ていないような袖や裾に折り目がついたまま残っているツーピースだった。老婆の言う靴と傘も持っていくと、老婆はそのすべてを手に抱えて食堂の裏のほうへ歩いていった。私は静かに老婆についていった。食堂の裏で、老婆は私が持ってきたものを地面に下ろすと、リヤカーからもってきた紙の束に火をつけて藍色のツーピースの間に入れた。おそらくヨンヒがペク・ポクヒに会う日のために用意しておいた服と靴と日傘がゆっくりと燃えはじめた。老婆はすぐに内ポケットから紙幣を数枚取り出して、それもやはり火の中に投げ入れた。遠くへ旅立つ人に渡すお金なのだそうだ。

食堂の中の弔問客たちもいつしか外に出てきていた。ソヨンとソユルは老婆のあとについて紙幣を一枚ずつ、児童福祉会の職員はベルギーから返ってきたヨンヒの手紙の中からヨンヒが持っていかなかった数通の手紙を火の中に投げた。その手紙の中には私がすでに返却したペク・ポクヒが初めてヨンヒに書いた返事もまざっていた。老婆はすぐに自分の上着とズボンも脱いで火の中に投げ入れ、私は着ていたカーディガンを脱いで半裸になった老婆の体を包んでやった。服とお金と手紙はよく燃えた。繊維と紙が燃えるパチパチという音は、生の裏面に歩いていくヨンヒの足音を連想させ、立ち上る煙はその魂の一部のようだった。

「さあ、お行きなさい」

老婆が炎の前に近づき、座りながらささやいた。

「ここのことには未練をもたずに、さあ……」

「……」

「さあ……お行きなさい」

「……」

「そっちに行ったら忘れずに……」

「……」

「あたしのことも呼んでおくれよ」

「……」

別れの挨拶のようでもあり、世迷言のようでもあった。老婆はしばらくの間炎の前に座っていた。火のゆらめきが老婆の頬にゆらゆらとうつり、少しずつ灰になった。火が完全に消えて煙が収まるまで、服が燃えてなくなり、その灰が虚空に散らばるまで、私はほかの弔問客と一緒に老婆の後ろに立っていた。想像する場面があった。暗黒に帰ったヨンヒと暗黒の中を浮遊するウジュが互いに気づかぬまま静かにすれ違う場面だった。ウジュが時間を超越した進化の過程を経てこの世界に出てくるその距離と同じ分だけ、ヨンヒは反対に肉体の成分を失って外に流れ出ていくのだろう。

チュ・ヨンヒ（秋恋禧）、会いたいと願い続けることができて、幸せだった人、私はその名前を人生の最後まで記憶しているだろう。その名前を忘れないということ、それはウジュを育てることと一緒に私がこの世界を前にして守るべき礼儀になるだろう。

ヨンヒが死んだ。

彼女は暗黒に帰っていった。

21

九月の第一週の金曜日はウジュが私のところへやってきて二十二週目になる日であり、ヨンヒが死んでから一週間になる日だった。そして私が韓国を発つ日でもあった。

空港で映画のラストシーンを撮ることになっていて、ソユルとウンは撮影機材を借りてからそのまま出国ゲートに来る予定で、ソヨンは荷物の多い私のためにピックアップを買ってでてくれた。ソヨンが来る前にスーツケースに荷物をつめていると、いつもとは違う騒音が階下から聞こえてきた。階段を下りてみると男が二人、ポクヒ食堂に残っていたテーブルや椅子、食器などを外に運び出しているのが見えた。看板はすでに外されていたし、ヨンヒの部屋にあった家財道具もみな片づけられたようだった。私にできることといったら、数歩離れたところからポクヒ食堂が少しずつ空になっていく様子を見守ることだけだった。

男たちは捨てるものは捨て、売れそうなものはトラックに積むと、食堂の入り口に青い鉄製のシャッターを設置した。食堂の家主が新しい借り手が入ってくるまでは食堂を閉めておくことにしたようだった。設置されたシャッターはまるで演劇が終わったことを告げる暗幕カーテンのようにザっと音を立てながら降りてきた。男たちは最後に弔燈を外して地面にほうり投げるとトラックに乗って去っていった。

トラックが視野から消えた後、私はまず照明を拾ってきてもとあった場所にまたつけた。ヨンヒを記憶する人たちがいる限り、喪中でなければならないし、喪中ならばその標識もまた残っているべきだと私は思った。スイッチを押すと弔燈の中で小さくて黄色い鳥が目覚めたように灯りの周りをオレンジ色に染まった空気がぼんやり広がりはしたものの、乾電池の寿命がきているのか、その光ははかなかった。

弔燈を背にして食堂の裏に出た。ヨンヒの部屋にあったものはほとんどそこに捨てられていた。ハンガーラックやプラスチックの収納ボックスは扉や引き出しがどれも開いたままで、中に入っていた服や靴下や薬の袋のようなものがそのまま見えていた。布団と枕は足跡がついたままタンスの横に乱雑に積んであって、羽根の壊れた扇風機と、ところどころ曲がった洗濯物干しは地面に放り投げてあった。靴や傘や鏡のようなものがいっしょくたに入った大きな段ボール箱が目に入ってきた。箱の中をのぞいてみると化粧品やタオル、くし、スタンドのようなものも中に入っていた。角がよじれた看板は箱の後ろに斜めに立てかけてあった。無縁仏の墓碑のようだった。いや、看板はチュ・ヨンヒの墓碑に違いなかった。ヨンヒはポクヒ食堂でペク・ポクヒを待つことで最後の十年を生きられたのだから、ポクヒ、その名前こそヨンヒの墓碑名にふさわしいのだ。

私はまず洋服と収納ボックスの扉と引き出しを閉じて、布団と枕は、はたいてたたみなおした。扇風機と洗濯物干しをまっすぐにたてなおして、段ボール箱の中を整理した。最後に看板に近づき袖で表面を何度も何度もぬぐった。まるで看板をきれいにすれば、誰もヨンヒの王国に侵入したりできないのだと、看板が捨てられたすべてのものを守ってくれるとでも言うように……。看板は真ん中に置いた。少なくとも看板は、ごみの回収が来るまでは、ここがヨンヒの領域だということを証明するはずだった。

立ち上がって歩いた。

目をつむり、手の甲で風の肌ざわりを感じながらできるだけゆっくり歩いた。歩けば歩くほど背後の世界は少しずつ確実に崩れていき、私の体は少しずつふわっと浮かび上がった。虚空を遊泳している気分だった。私たちが生まれる前に属していた世界であり、肉体を失った魂が帰還するその無形の暗黒は、生の真ん中にもあるのかもしれない。だいぶ歩いたと思ったが、遠くまで行けなかった。振り返ると、世界は無彩色に変わっていた。無彩色の世界に黄色い灯りだけが唯一の色を帯びていた。

その瞬間、また胎動がした。

ヨンヒが生きていた場所にウジュがまた一歩近づいてきていた。

彼らのはざまで、ふたつの世界を重心にして、私は立っていた。

私は風を自分の胸元に引き寄せた。胸元に入ってきた一握りの風からぬくもりが伝わってきた。誰のぬくもりなのか、私はもちろんわかっていた。**お前なんだね。**

ささやいた。

ウジュ。

ウジュ、と私はもう一度ささやいた。

22

モンペリエでは一日一日がはっきり二分されて過ぎていきます。午前はソヨンという名前の女性が主人公の新しい作品を書いて、午後はたまっていた家事をしたり、本を読んだり、リサが仕事から帰ってくると一緒に夕食を食べてお茶を飲んだりというふうに。午前と午後がそれぞれ分かれているのではなくて、縫い目なしにつながっている一つの一日なのだと気づかされるのは、ウジュの泣き声、むずがり、寝ぐずり、そしてそのために私がいろいろと動き回っているときです。ご存じのように、とても大変で退屈な労働です。ときに人生をまるごと捧げないことにはこの労働は終わらないような気がして、絶望的な気分に陥ったりもします。

ときどき映画を観ます。

ひと月前にファイルで受け取った仮編集の映画です。清涼里駅の線路から始まり、梨泰院や仁川、阿峴や合井や寧越を経て仁川空港で終わる、チョン・ムンジュでありパク・エスダーでありナナでもある主人公をはじめ、ジェンマ修道女、チョン・ムンギョンとパク・スジャ、そしてペク・ポクヒが出演する……。もう数十回観たのに観るたびに新しく感じられる理由は、カメラが映さないところで変化し、動くソヨンとソユル、ウンの表情や動きが想像できるからなのでしょう。そして韓国で過ごした夏とその過ぎ去りゆく夏の中で出会った人たちを記憶するためなのでしょう。

映画を観ていて私も知らぬ間にうとうとして、その夢を見ていなかったら、きっと今日もいつもと同じような一日を過ごしていたはずです。こんな夢でした。夢で私は空っぽの原っぱをとぼとぼ歩いていて、葉っぱがふくらはぎに触れるたびにさやわかな生命力が伝わってくるようでした。瞬く間に夜になって、ものすごく大きな満月が原っぱの地平線まで届いていました。夜空はたちまち恍惚として広大な宇宙に拡張していって。その風景の色と質感がはっきりとしていたせいか、夢から覚めても私はその原っぱの大気のかけらを抱きしめているような気がしていました。

そしてそのときから、私はノートパソコンが置かれた机に向かい、新しい文書ファイルを開いて、この手紙を書きはじめたのです。振り返ってみると、あなたには初めて書く手紙です。

いいえ、手紙というよりも、告白といったほうがいいかもしれません。

察しはついていたかもしれませんが、そうです、ウジュの話です。

昨年六月パリの散歩道を歩きながら実は、ウジュを産むべきか、でなければ諦めるべきかで悩んでいました。あのとき、私は同じ確率で両方の選択を考えてみなければと思っていて、実際になんとか考えてみようとしていました。

どんな選択をしても、それを身勝手だと言い切れないと私は思いました。ウジュを諦めることよりも、ウジュを担保に孤独や不安から逃れて、人々に豊かな心について語る未来の日々のほうがずっと身勝手なものだと思ったりもしました。ウジュが失敗を繰り返しながら挫折も経験して、ついには何の挑戦もしようとしない空っぽな人になってしまうのではないかと怖くもありました。世の中を自分の感覚で受け止められず、社会で目の当たりにする恵みの不釣り合いに批判的な目を向けることもなく、何が起きても他人事のように見過ごしてしまう生きた幽霊みたいな大人になってしまったら、私はウジュにどう接したらいいでしょう。でも、何より恐れていることは別にありました。ウジュが私に似ること、私の一番さびしくてかよわい姿に似ることでした。大学時代を思い出しました。無意味に生きて孤独の中で死ぬよりも、生まれないで消えるほうがよっぽどましだと思っていた時期のことです。無責任に命を産み落とし、捨てて忘れた人を、全力で恨んでいた時期もありました。

でもその日私は、そうしたあらゆる恐れにもかかわらず、ウジュを産むことにしたのです。

私が証拠なのだから。

生まれて救助されて守られて、誰かの娘になって、役者として劇作家として働きながら、今はウジュと家族になった、私こそが生きた人生の証なのだから。そもそも生まれるべきじゃなかったと思っていた時期と、今でもときどきそんな思いから抜け出せない現在の私自身もひっくるめて、すべてが私の人生なのだから。

お母さん、聞こえますか？

私はこうして生きています。

お母さんが私をどんな名前で呼んでいたのかはわからないけれど、かつてはお母さんのすべてだったことでしょう。

そのことを覚えていてください……。

お母さん、と呼びながら、話したいことがこんなにたくさんある私がここに、こうして、生きているということを。

お母さんのことを理解して許す、というのとはまた別の次元のお願いなのです。

お母さんが安らかでありますように。

いつまでも変わらない私の、偽らざる本心です。

あとがき

かつて「あとがき」は要らないと思っていたこともあったりして、それで思い切って省略したこともあるのですが、こうしてまた机の前に座って「あとがき」を書いているのを見ると、そんなクールな心持ちは長くは続かないようです。

まずこの小説のタイトルは第十回女性人権映画祭の表題からとりました。当時その映画祭を準備していたスタッフたちに感謝の気持ちを伝えたいと思います。

ジェイ・ジョン・トレンカーに感謝します。

三十歳のころ、書店で『血の言語』を偶然見つけて読んでいなければ、私は養子縁組や養子について何の関心も持たずに生きていたはずです。この作品を書くにあたって彼女が書いた

「百万人の生きている幽霊たち――構造的暴力、社会的死そして韓国の海外養子縁組」（『女／性理論』二〇一〇年夏号）を何度も広げ、私が見逃していたこと、見逃してはならないことを点検しました。運よく、本の刊行を前にして韓国文学翻訳院のイベントで彼女と会う機会に恵まれ、「養子ではない人が養子についての小説を書いてもいいだろうか？」と私が慎重に問いかけると、彼女はぱっと笑って「why not ?」と聞き返しました。このときの、あの笑顔が、私にとって大きな勇気になったことも伝えたいと思います。

また、この小説はキム・ドンリョン監督とパク・キョンテ監督が共同で演出したドキュメンタリー映画『蜘蛛の地』と、ウニー・ルコント監督の自伝的映画『冬の小鳥』にも影響を受けたことをここに記しておきます。

養子縁組という制度をめぐる問題を考え、基地村（キジチョン）の歴史を掘り起こす記録物や記事、論文がなかったら、この作品の大部分は隙間だらけだったでしょう。一つひとつ言及はできませんが、私が読んだすべての資料の著者たちにも感謝申し上げます。ずいぶん前に、二週間に一度会いランゲージエクスチェンジをして友達になったロサにもありがとうと伝えたいと思います（私がまめではないせいで今は連絡が途絶えてしまったのですが、どこかで彼女がこのメッセージを読んでいてくれたらとても嬉しいです）。彼女から養子縁組以降の人生について聞き、悩んでいた時間があったから、この物語を書くことができました。

医学的な部分で快く助言してくださったキム・ユンジョンさんと小説家のイ・ヒョンソクさんにも深く感謝申し上げます。

この小説は二〇一七年六月から九月まで民音社(ミヌムサ)が運営するポストに一部連載されたことがあります。当時連載アップロードを手伝ってくれたマーケッターのソン・ヨンジュさんと、一緒に読んでくれた読者の方々にも感謝します。初の短編集と初の中長編小説につづいて八冊目のサポーターになってくれた民音社に、そして快く推薦の言葉を書いてくれた評論家キム・ミジョンさんと詩人のキム・ヒョンさんにも感謝いたします。いつだってこの小説の最初の読者であり、メールと原稿をやりとりするたびにアドバイスと応援を欠かさない編集のキム・ファジンさんにも、これ以上の本心はないくらい、ありがとうの言葉を贈ります。私もこれからもずっと、キム・ファジンさんの仕事と文学を応援していくつもりです。最後に、私の日常をいつも気にかけてくれるmと、名前の文字のひとつを貸してくれたhにも、感謝します。

この小説は私の三冊目の短編集『光の護衛』に収録されている「ムンジュ」から始まりました。でも「ムンジュ」を脱稿したその瞬間が、この小説の発話点ではありません。

ある日、道を歩いていて、すれ違う大勢の人たちを見ながら、あの大勢の人たちはどこから来て、どうやって生きてきて、これからまたどんな人生を生きていくのかふと知りたくなりました。それぞれ異なる彼らの根源（ルーツ）とこれまで生きてきた日々と遠い未来を思うと、生命ほど偉大なものはないとも思ったのです。その日、命がテーマの小説を書きたいという気持ちも生まれました。もしかしたら一つのしかるべき宇宙になる前に消えた人たちを記憶しておきたくて、この小説を書きはじめたのかもしれません。

私に少しでも資格があるのだとすれば、『かけがえのない心』は、この世のすべての生命に捧げる私の献詞だと、あえてそう言いたいのです。

ここにきてようやく、私のゆるぎない思いを伝えることができます。

二〇一九年　夏

チョ・ヘジン

日本の読者のみなさまへ

私は『かけがえのない心』を書くときに、二つのことを思っていました。

一つは生命への思いです。冒頭文にあるように、私たちはみな「暗黒から来」て、限りある生のねじを巻ききったとき、ふたたび暗黒へと戻っていきます。ムンジュ（ナナ）が自分のもとに訪れた生命（ウジュ）を迎えいれ、そしてポクヒ食堂のおばあさんチュ・ヨンヒの死を見届ける姿勢や態度、つまり、この世にやってくる新たな生命を歓んで迎え入れ、この世の外へ退場していく生命を哀しみ悼むことが、人間が守ることのできる、基本的かつもっとも美しい礼儀だと思ったのです。

もう一つ、人と人との繋がりへの確信も胸においてこの小説を書きました。ムンジュはさまざまな人たちから助けてもらって生きることができました。三、四歳の頃に一人残された線路では機関士のチョン・ウシクが、フランスに養子に出されてからは養父母が、彼女を育ててくれました。「ムンジュ」という名前の意味を探そうと韓国にやってきてからは、自分を招いてくれた映画監督やその仲間たち、それからチュ・ヨンヒの愛情と思いやりがあったからこそ、不安を乗り越えて旅を続けることができたのです。チュ・ヨンヒもまた、かつて若い頃、他人の生命を守ってあげたことがあります。梨泰院（イテウォン）にある基地村（キジチョン）(military camp town) で性労働者だったペク・ポクスンを家族として迎え入れ、彼女の産んだ娘ペク・ポクヒを養育することにしました。自分の人生の舞台に入場してきた他人を見て見ぬふりをしたり、退けたりせずに、気にかけ、守るために繋がろうとする彼女たちの絆が、私には、この世の内側から灯る光に思えました。もしかしたら私は、この小説を書いている間中、光の採集者だったのかもしれません。そして、その光の名は「ヒューマニズム」だったはずです。

小説というのは特殊であると同時に普遍的なジャンルです。小説の背景は、その小説を書く作家の暮らす地域や時代に限られがちですが、人物や素材は作家の関心や経験をもとに作りあげられることも多くあります。それでも、小説というのはどれもみな結局のところ、人間に関する物語でもあるのです。韓国系国際養子のルーツ探しというこの小説の「特殊な」主題が、日本の読者の方々に「普遍的な」ものとして届くようにと、そして誰かがこの作品を読んでいるとき、生命への尊重や人と人との絆への信頼という明かりが灯ってくれたらと願っています。

最後に、感謝の言葉を伝えたく思います。

この作品を見つけてくれたオ・ヨンアさんの心のこもったまなざしと一年にわたって翻訳に力を注いでくださったおかげで、日本でも日の目を見ることができました。韓国では小説家になって十七年目になるとはいえ、日本では作品が紹介されたことがないので、日本の読者にとっては新人作家も同然であるのに、快く出版を引き受けてくださった亜紀書房の斉藤典貴さんにも感謝申し上げます。契約などさまざまな手続きでお世話になった民音社（ミヌムサ）の著作権チームにもお礼申し上げます。

さてこの先は、読んでくださる日本の方々からの便りを、どきどきしながら待つことにします。ほのかな明かりに包まれたその便りを待っている間、私が韓国でどのような時間を過ごすことになるのか、その時間はどんな質感をしているのか、もうすでにわかるような気がしています。

すべてに、深く感謝申し上げます。

二〇二一年　盛夏　ソウルにて

チョ・ヘジン

訳者あとがき——他者にむけて放たれるあたたかな光

本書はチョ・ヘジンが二〇一九年に発表した『かけがえのない心』（原題『단순한 진심（単純な本心）』民音社（ミヌムサ））の全訳である。人は誰もが世界を成す小さなかけらであり、それぞれの宇宙であり、どの生命も死も等しく尊い。はたして、原題でもある「単純な本心」とは、いったいどんな心のことだろうか？

そもそも、誰かの本心を知ることなど不可能だろう。人間というのは自分の本心すらも誤解し、合理化してしまう生き物なのだから。にもかかわらず、主人公ムンジュは、自分の本心を知るために長い旅に出る。自らの根源（ルーツ）を探すその旅は、自分を証明するためであると同時に、自分に宣言するための旅路でもあった。そしてとうとうムンジュはたどり着く。見捨てられた生命、救われた生命、救われなかった命、失われゆく生命、そして新たに生まれてくる生命、あらゆる生命への敬意を胸に生きていく、という宣言に。

二〇〇四年に中編「女たちに道を尋ねる」で登壇したチョ・ヘジンは、初の短編集『天使たちの都市』（二〇〇八）で、結婚移民としてやってきたウズベキスタンの高麗人や、父親の家庭内暴力に苦しむ娘などを通じて他者の痛みに寄りそい、注目された。代表作とも言われる長編『ロ・ギワンに会った』（二〇一一）では、ベルギーを背景にした脱北者ロ・ギワンの行方を描いて第三十一回申東曄文学賞を受賞した。続いて、主人公と紛争地帯で活動する報道カメラマンの出会いを通じて歴史による暴力に立ち向かう人たちの勇気を見つめた「光の護衛」（二〇一四）では、第五回若い作家賞を受賞（その後、二〇一八年に短編集『光の護衛』が第十一回白信愛文学賞を受賞）、二〇一六年には経済危機に直面した人間の不安と孤独を洞察した「散策者の幸福」で第十七回李孝石文学賞を受賞するなど、コリアン・ディアスポラとも呼ばれる異邦人から現実社会で疎外された人々にいたるまで、見過ごされがちな存在に光をあて続ける作品世界は、これまで確実な評価と幅広い読者の支持を得ている。

今回『かけがえのない心』では海外養子縁組問題や米軍基地村の女性たちと向き合った。人生で偶然出会った名もなき人たち、歴史の中でなかったことにされている人たちの存在を見て見ぬふりをせず、観察し、深く悩み、大きく包み込む作家のまなざしが印象的だ。

なお、本作は「緻密な構造と読者を圧迫しかねないほどの執拗さにもかかわらず、小説のもつ共同体と現実に対する作家の問題意識から読者は目を背けられないだろう」と評され、第二十七回大山（テサン）文学賞も受賞した。

チョ・ヘジンは語る。「海外養子や、基地村の女性たちといったルーツの確認できない人物たちが登場しますが、これは個人的な話ではなく社会や国家、政治的な暴力に関する話でもあります。常に歴史に関心がありますが、歴史学者ではありませんし、私が描きたいのは歴史の断片ではなく、そこに存在する無数の、具体的な生きざまについてなのです。そうすることで彼らの生涯に光を差し込むことができたら、と」。

韓国では、乳幼児の海外養子縁組が長年の社会問題となっている。発端は朝鮮戦争（一九五〇―一九五三）当時、米国軍人との間に生まれた混血児や戦争孤児をアメリカに送ったのが始まりだったが、その後、貧困やシングルマザーによる国際養子も増加していった。その数は一九五八年―一九六〇年の二千五百三十二人から一九八一年―一九九〇年には六万五千三百二十一人に増え続け、二〇一二年までに約十六万人を超す子どもたちが海外に養子に出された（国内養子縁組を含むと二十万人以上に上る）。ピークの八〇年代には「養子輸出国」と国内外から批判されるようになり、二〇一一年には出生届を義務づけ、養子縁組の過程を明確にし、国内養子縁組を優先するなど、養子縁組特例法が改定された。そして二〇一三年にようやく、児童の基本権と利益を最優先するハーグ国際養子縁組条約に批准するものの、依然として国境を越えた養子縁組は存在し、さまざまな構造的な問題も残っている。

朝鮮戦争孤児の福利目的で始まったはずの一時的な養子縁組が、経済発展を果たした現在もなお続いている背景には、混血児や婚外子への差別、シングルマザーへの偏見、その支援制度の不整備、法的にも国際養子縁組の手続きを簡素化してきたなどの点があげられる。人の生命がないがしろにされ、軽視されてきた時代が確かにあったことは紛れもない事実であり、恥ずべき現実である。そうした背景の大きな要因の一つとなったのが米軍基地村の存在だ。

植民地支配から解放され、戦争を経ると今度はアメリカによる支配とクーデターなど、混乱を極めた当時の大韓民国は、安保のために米軍の駐屯が不可欠であり、脆弱な産業構造のために、アメリカからの支援と基地からの外貨収入に依存するほかなかった。実際、一九六〇年代の基地村関係の産業はGNP全体の二十五パーセントを占め、このうちの半分が性産業にかかわるものだったという。（Moon、一九九七）

このような生き抜くことに必死の厳しい現実の中で、犠牲になるのはいつも女たちだった。貧しい母子は死に追いやられ、地方から上京した女性人力は搾取され、政府は米軍のための基地村を積極的に支援して、女たちに外貨を稼がせた。経済発展の裏で、心も身体も喪失した女たちの苦しみと犠牲はそのまま罪のない子どもたちへと受け継がれた。そしてこれらすべてを黙って見過ごしてきた世間の無知と無関心。

そうした中を生き抜いたチュ・ヨンヒやポクスンが助け合ったように、ムンジュも赤の他人といってもいい人たちと手を取っていく。スクリーンの中ではムンジュが自らの根源（ルーツ）をたどり、スクリーンの外ではムンジュはウジュやヨンヒ、ポクヒのための媒介者としての役割を果たす。著者は海外養子制度、米軍基地村という韓国社会の汚点に、代案家族や女性たちの連帯という現代のキーワードを重ねることで、軽んじられた生命や死に尊厳を吹き込もうとしたのだろう。

本作品では名前や地名も一つの重要なファクターである。名前は唯一、それ自体で存在を具体的なものとして証明できる。呼び、呼ばれる過程でアイデンティティーは確固たるものとなっていくからだ。執筆前に名前とその意味を決めていたのは主人公ムンジュ（門の柱、あるいは埃）のみだったという著者は、書き進めていくうちに機関士のウシク（友を植える）、ポクヒ（喜べることがあって幸福だ）のように、それぞれの名前の持つ意味が物語と自然に繋がりを見せ、自身も不思議な思いがしたという。

著者はまた、ドキュメンタリー映画の撮影という設定のもとに、ムンジュを清涼里（チョンニャンニ）や阿峴（アヒョン）、合井（ハプチョン）、梨泰院（イテウォン）、忠武路（チュンムロ）と慌ただしく移動させる。ムンジュが捨てられた清涼里駅は、ソウルの東大門（トンデムン）区に今も残る風俗街の一つで、典農洞（チョンノンドン）五八八番地に位置することからかつては〈５８８（オーパルパル）〉とも呼ばれた。清涼里駅はソウルから朝鮮半島東部への玄関口だったことから兵士や物資が集まる場所であり、自然と売春婦も集まってきたと言われている。現在は、性売買特別法の施行によりかつてのようなにぎわいはなく、再開発により撤去が始まっている。

「梨泰院」の語源もまた作中にあるように諸説ある。朝鮮時代に地方に派遣された官人たちの国営宿所となったことから町が形成され、地下鉄の開通時には駅名としてつけられた。梨の木が多かったことから梨泰院と呼ばれるようになったと言われるが、外国軍の駐屯地または戦争中の混血児などが集まって過ごした土地であることから異胎院あるいは異他院と名づけられたという俗説や、すでに『朝鮮王朝実録』の「世宗実録」では利泰院・利太院と表記されているとの指摘もある。梨泰院を含む龍山地区はかつて漢江の水が流れつく交通要地だったことから龍山は首都漢陽の関門でもあった。こうした地政学的な特性から外国軍が駐屯するようになったのだという。

阿峴の旧称ともいわれるエゴゲは地形と風水、かつて子どもの亡骸を埋める峠があったことから小さな峠、子ども峠という意味のエゴゲと呼ばれたのち、エオゲと呼ばれるようになったという。漢字では兒峴と書き、その後「兒」が「阿」に変化して阿峴となった。幼子にまつわる事情のあったこの場所で、フランスに渡る前の一年をムンジュが過ごしたというのは、あまりにも悲しい偶然であろう。

一方、ソヨンたちが撮影機材を借りに向かう忠武路は、北の明洞通り、南の退渓路にはさまれ、日本統治下の京城府では日本人街を東西に貫き「本町通り」とも呼ばれていた。光復後の一九四六年に、李舜臣の諡号である「忠武公」からとった現在の名前に変更された。一九五五年、忠武路4街に大規模な映画館、大韓劇場ができると、映画会社の本社や映画館も集まるようになり、一九七〇年―一九八〇年頃には映画の町として知られるようになった。現在は、映画会社は移転により少なくなったが、今もなお「忠武路」は韓国映画界の代名詞であり、二〇〇七年からは忠武路国際映画祭も開かれた。このように、人名のみならず、空間や場所の名前の意味を一つひとつ問う著者の視線は、物語をより立体的なものとし、作中それぞれの人物の生きざまを小説の外まで広げてくれる役割を担ったと言えるだろう。

「本心であればあるほど単純で、また、本心だからこそ単純であるべきだ」と著者は語る。本心とは、対象への単なる思いだけではなく、自分のゆるぎない心がまえのようなもの。人と人が手をとりあい、生命について真摯に思いを馳せるとき、それは単に生命やその誕生のみならず、死者や消えゆく生命をも尊重することになるはずだ。最後のページを閉じたとき、読者の中に、ムンジュの生母についても思いを馳せてくださる方がいらしたらと願う気持ちである。

本書の刊行にあたり、斉藤典貴さんよりこころ強く温かいサポートをいただきました。斉藤さんと物語を分かち合える瞬間は、私にとって何より尊いものです。また、梨花(イファ)女子大通訳翻訳大学院のサン・ウヨン先生とパク・ジョンソ先生にも謝意を表します。

二〇二一年　夏　ソウルにて

オ・ヨンア

［参考文献］

・姜恩和「韓国の養子制度に関する考察——家族規範と子どもの福祉」（社会福祉学第46巻第2号、二〇〇五）
・坂井菜央美「韓国海外養子研究の動向と教育学的な課題」（『生涯学習基盤経営研究』第35号、二〇一〇）
・洪賢秀「韓国社会における海外養子のイメージ：Uターンしてきた海外養子の素描」（『国立民族科学博物館調査報告』69巻、二〇〇七）
・Moon, Katharine H.S., *Sex Among Allies: Military Prostitution in U.S.-Korea Relations.* New York : Columbia University Press ,1997.

[著者について]
チョ・ヘジン *Haejin Cho*
1976年、ソウル生まれ。2004年『文芸中央』新人文学賞で登壇。13年に『ロ・ギワンに会った』で申東曄文学賞、16年に「散歩者の幸福」で李孝石文学賞、『夏を通り過ぎる』で無影文学賞、18年に『光の護衛』で白信愛文学賞など、数々の文学賞を受賞。19年には本作で第27回大山文学賞を受賞している。〈歴史的暴力〉に傷を負った人々に寄り添う作品を発表し続け、高い評価と幅広い読者の支持を得ている。

[訳者について]
オ・ヨンア（呉永雅）
翻訳家。在日コリアン三世。慶應義塾大学卒業。梨花女子大通訳翻訳大学院博士課程修了。2007年、第7回韓国文学翻訳新人賞受賞。梨花女子大通訳翻訳大学院講師、韓国文学翻訳院翻訳アカデミー教授。訳書にパク・サンヨン『大都会の愛し方』（亜紀書房）、ウン・ヒギョン『美しさが僕をさげすむ』、キム・ヨンス『世界の果て、彼女』、チョ・ギョンナン『風船を買った』（以上クオン）、イ・ラン『悲しくてかっこいい人』（リトルモア）がある。

となりの国のものがたり 09
かけがえのない心（こころ）

2021年9月28日　第1版第1刷発行

著者　チョ・ヘジン
訳者　オ・ヨンア

発行者　株式会社亜紀書房
〒101-0051 東京都千代田区神田神保町1-32
電話(03)5280-0261
https://www.akishobo.com/

印刷・製本　株式会社トライ
https://www.try-sky.com/

Japanese translation © Young A Oh, 2021
Printed in Japan
ISBN 978-4-7505-1714-8　C0097
本書の内容の一部あるいはすべてを無断で複写・複製・転載することを禁じます。
乱丁・落丁本はお取り替えいたします。

シリーズ［となりの国のものがたり］

好評発売中

フィフティ・ピープル　チョン・セラン／斎藤真理子 訳

痛くて、おかしくて、悲しくて、愛しい。50人のドラマが、あやとりのように絡まり合う。韓国文学をリードする若手作家による連作小説集。

娘について　キム・ヘジン／古川綾子 訳

「普通」の幸せに背を向ける娘にいらだつ私。ありのままの自分を認めてと訴える娘と、その彼女。ひりひりするような三人の共同生活にやがて……。

外は夏　キム・エラン／古川綾子 訳

いつのまにか失われた恋人への思い、愛犬との別れ、消えゆく千の言語を収めた博物館など、韓国文学のトップランナーが描く悲しみと喪失の光景。

誰にでも親切な教会のお兄さんカン・ミノ　イ・ギホ／斎藤真理子 訳

「あるべき正しい姿」と「現実の自分」のはざまで揺れながら生きる「ふつうの人々」を、ユーモアと限りない愛情とともに描き出す傑作短編集。

わたしに無害なひと　チェ・ウニョン／古川綾子 訳

二度と会えなくなった友人、傷つき傷つけた恋人との別れ、弱きものにむけられた暴力……。言葉にできなかった想いをさまざまに綴る7つの物語。

ディディの傘　ファン・ジョンウン／斎藤真理子 訳

多くの人命を奪った「セウォル号沈没事故」、現職大統領を罷免に追い込んだ「キャンドル革命」という社会的激変を背景にした衝撃の連作小説。

大都会の愛し方　パク・サンヨン／オ・ヨンア 訳

喧騒と寂しさにあふれる大都会で繰り広げられる多様な愛の形。さまざまに交差する出会いと別れを切なく軽快に描いたベストセラー小説。

小さな心の同好会　ユン・イヒョン／古川綾子 訳

やり場のない怒りや悲しみにひとすじの温かな眼差しを向け、〈共にあること〉を模索した作品集。こころのすれ違いを描いた11編を収録。